NF文庫
ノンフィクション

# 生き残った兵士が語る
# 戦艦「大和」の最期

若者たちはどのような凄惨な死を迎えたのか

久山 忍



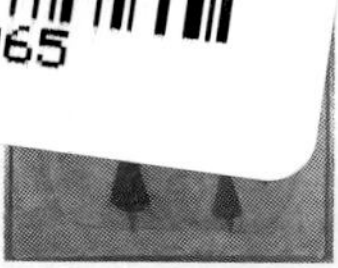

潮書房光人新社

# まえがき

太平洋戦争中、戦艦「大和」が主力となった海戦は、レイテ沖海戦（昭和十九年十月）と沖縄特攻（昭和二十年四月）のふたつである。

太平洋戦争は、昭和十六年十二月八日からはじまった。「大和」の完成は、昭和十六年十二月十六日である。「大和」は、開戦後、レイテ沖海戦までのあいだ、ほとんど戦闘をしていない。その間、いったいどこでなにをしていたのか。これがかねてからの疑問であった。わたしは、自分の手で、「大和」がいない約三年の海戦史と「レイテ沖海戦」「沖縄特攻」をつないでみたいとおもった。そしてこの本を書いた。したがって、本書はなかなか「大和」がでてこない。「大和」の活躍を期待した方は途中まで退屈するだろう。この点、あらかじめおことわりをしておく。

本書を書くにあたって、わたしは元兵士をさがした。そして、坪井平次さんと出会った。坪井さんは、教師から徴兵されて「大和」の高角砲員（信管手）となり、海にしずむ「大和」から生還された。奇跡であった。戦後、小中学校の教師を勤めあげ、定年後、一冊の本を書かれた。「戦艦大和の最後」（光人社）である。

同書は貴重な戦史であり、心に染みる青春記である。まぎれもなく名著であり、これを超える「大和」の戦記はなく、今後もでない。むろん、わたしなどにこれ以上の本がかけるはずもない。

（坪井さんの本により「大和」は完結している。わたしがあらためて書く必要はない）

と、読後おもった。しかし、それでもわたしは、自分の筆によって「大和」を書きたいとおもった。そして、あつかましくも、「坪井さんの本をもとに『大和』を書かせてほしい」と電話でお願いした。

坪井さんはわたしの無理な願いをゆるされた。そして以後、無知なわたしの質問に答えていただいた。「大和」の生還者から教示をうけながら執筆ができる。これはわたしにとって奇跡であった。そして本書ができた。

主題は、「大和」を通じて戦争を考えることにある。そして、「大和」にのった坪井青年の記録を読むことにより、戦争の無益さ、悲惨さ、むごさを肌で感じてもらいたい。

ただし、一書をもってすべてがわかる本はまれである。ものごとは、幾多の本を読み、あれこれ考える過程においてなにごとかがわかってくる。本書を読まれたかたは、ぜひ、坪井さんの「戦艦大和の最後」を読んでいただきたい。そして、戦艦「武蔵」の機銃員だった渡辺清氏が書かれた「戦艦武蔵のさいご」を手にしてほしい。この二冊を読めば、「大和」やわかる。「武蔵」にのった若者たちがどんなにがんばったか、そしてどんな凄惨な死をむかえたかがわかる。

わたしは、戦争を二度と起こさないためにもっとも必要なことは、戦場の実像を知ることだと信じている。幸運なことに、戦地から生還された方々が、戦争を知らない世代のためにたくさんの手記を遺してくれている。これはわれわれ日本人がもっているすばらしい財産である。その財産をもとに後世の者が本を書けば、戦争体験者が伝えようとしたメッセージを活字によって未来につなぐことができる。

本書は、戦争未体験者のわたしが書いた。そのことだけで、この本を出版することについて、なにごとかの意義があるのではないかと思っている。

なお、本書はわたしが書いたものである。本書に書かれたことはすべてわたしの責任に帰する。坪井さんには、いっさいの責任がないことを申し添えておく。

久山　忍

# 発刊によせて

両親が安心して子育てができる。子どもは友達と共に学校に通える。家族が揃って三度の食事を楽しむことができる等々。

誰もが当然だとおもう人生を送ることが出来なかった戦争の時代を経て、軍人、民間人、多数の犠牲者の上に築かれた新生日本、平和な社会の誕生に涙を流してから六十余年が過ぎました。

過去の暗い、恐ろしい歴史を忘れることなく、再び繰り返すことのないように、当時の貴重な体験を未来に生きる子ども達に、「平和の大切さと命の尊さ」と共に「今」を大切に生きることの幸福をわかっていただきたいと考えています。

私も海上特別攻撃隊の一員として巨大戦艦大和の戦闘要員となり、三千余名の同志と共に決死の出撃、激闘の末、空しく力つき敗れましたが、奇しくも私の命は奪われることから免れて今日まで歩んできました。

共に戦い乍ら武運に恵まれず水漬く屍として散華された多くの戦友が殉じていったことを想起するとき、当時の戦況を今に伝えることは、生存した者として当然の役割だと考えます。

今回、久山忍氏が大和の一生について詳しく記述され、発表されましたのでまことにありがたく感謝しています。

お読みいただく皆さんが、平和の大切さと命の尊さについて、一層、心をお寄せくださることを期待しています。

末筆乍ら、散華された軍民多くの御霊のご冥福を心から祈念いたしております。

平成二十二年六月一日

三重県自宅にて　坪井平次

# 生き残った兵士が語る戦艦「大和」の最期——目次

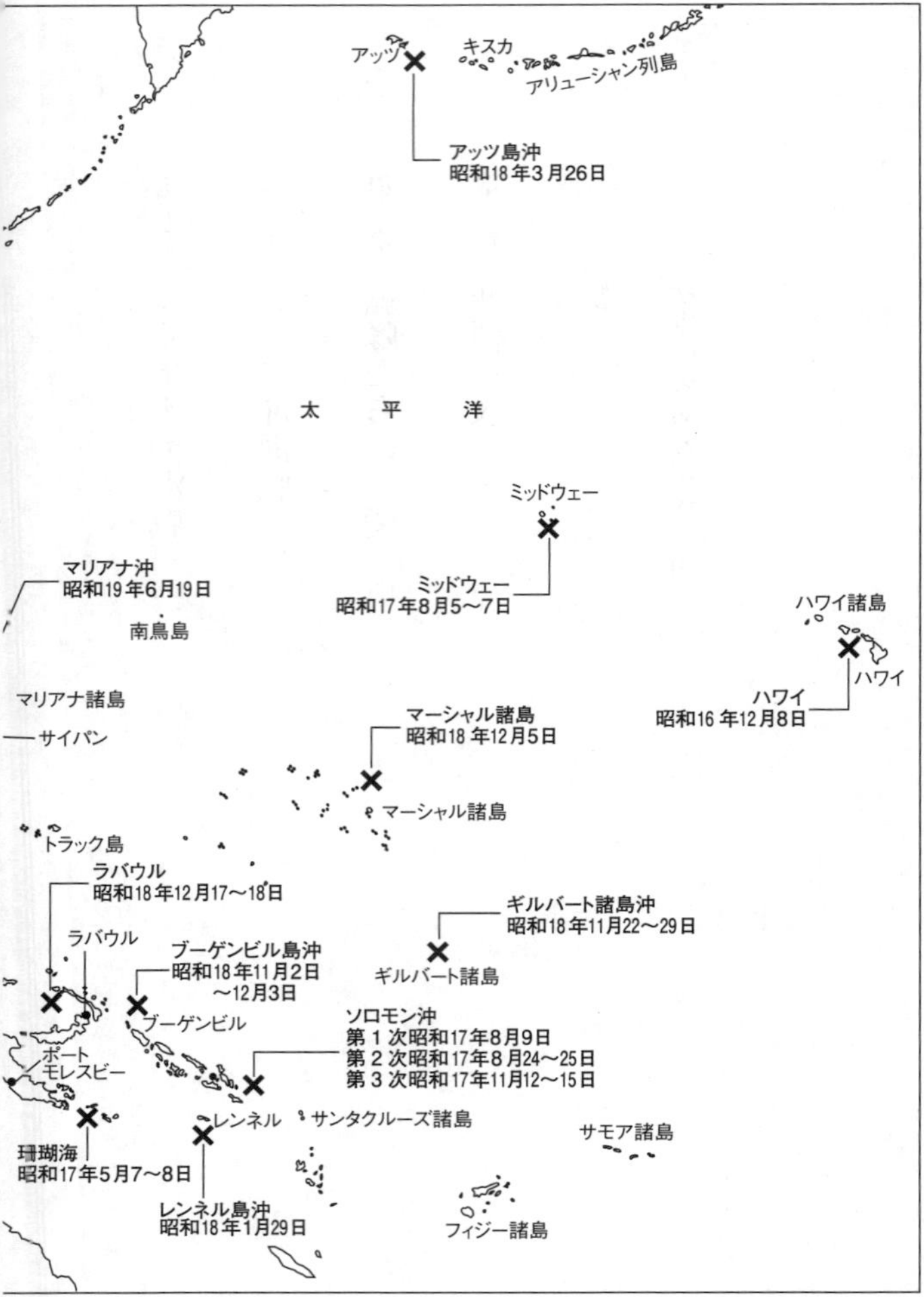

アッツ
キスカ
アリューシャン列島
アッツ島沖
昭和18年3月26日
太　平　洋
ミッドウェー
ミッドウェー
昭和17年8月5～7日
マリアナ沖
昭和19年6月19日
南鳥島
ハワイ諸島
ハワイ
ハワイ
昭和16年12月8日
マリアナ諸島
サイパン
マーシャル諸島
昭和18年12月5日
マーシャル諸島
トラック島
ラバウル
昭和18年12月17～18日
ギルバート諸島沖
昭和18年11月22～29日
ラバウル
ブーゲンビル島沖
昭和18年11月2日
～12月3日
ギルバート諸島
ブーゲンビル
ソロモン沖
第1次昭和17年8月9日
第2次昭和17年8月24～25日
第3次昭和17年11月12～15日
ポート
モレスビー
レンネル
サンタクルーズ諸島
サモア諸島
珊瑚海
昭和17年5月7～8日
レンネル島沖
昭和18年1月29日
フィジー諸島

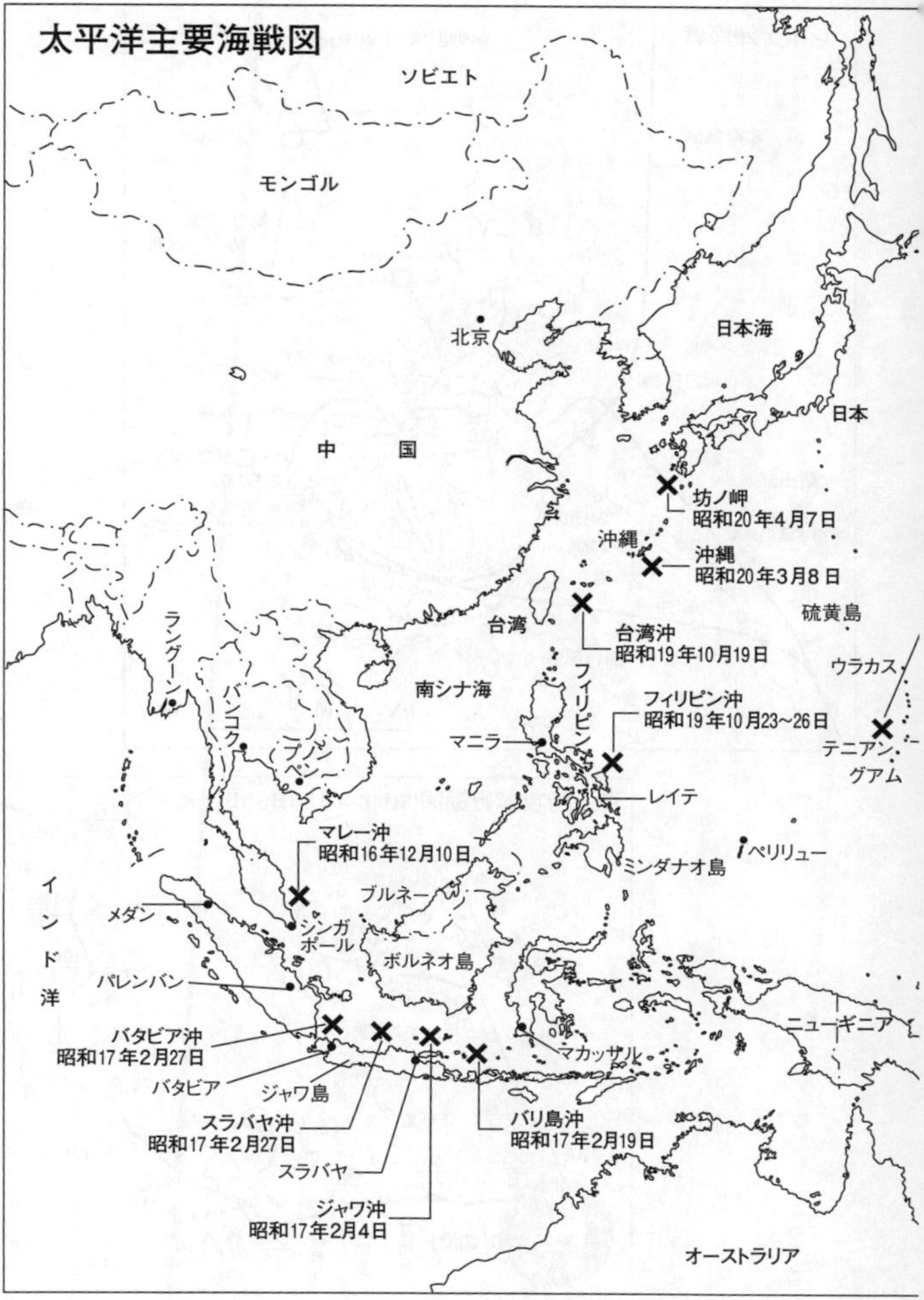
太平洋主要海戦図
ソビエト
モンゴル
北京
日本海
日本
中　国
坊ノ岬
昭和20年4月7日
沖縄
沖縄
昭和20年3月8日
硫黄島
台湾
台湾沖
昭和19年10月19日
ウラカス
フィリピン
フィリピン沖
昭和19年10月23~26日
テニアン
グアム
ラングーン
バンコク
プノンペン
南シナ海
マニラ
レイテ
マレー沖
昭和16年12月10日
ペリリュー
ミンダナオ島
インド洋
メダン
ブルネー
シンガポール
ボルネオ島
パレンバン
バタビア沖
昭和17年2月27日
マカッサル
ニューギニア
バタビア
ジャワ島
スラバヤ沖
昭和17年2月27日
バリ島沖
昭和17年2月19日
スラバヤ
ジャワ沖
昭和17年2月4日
オーストラリア

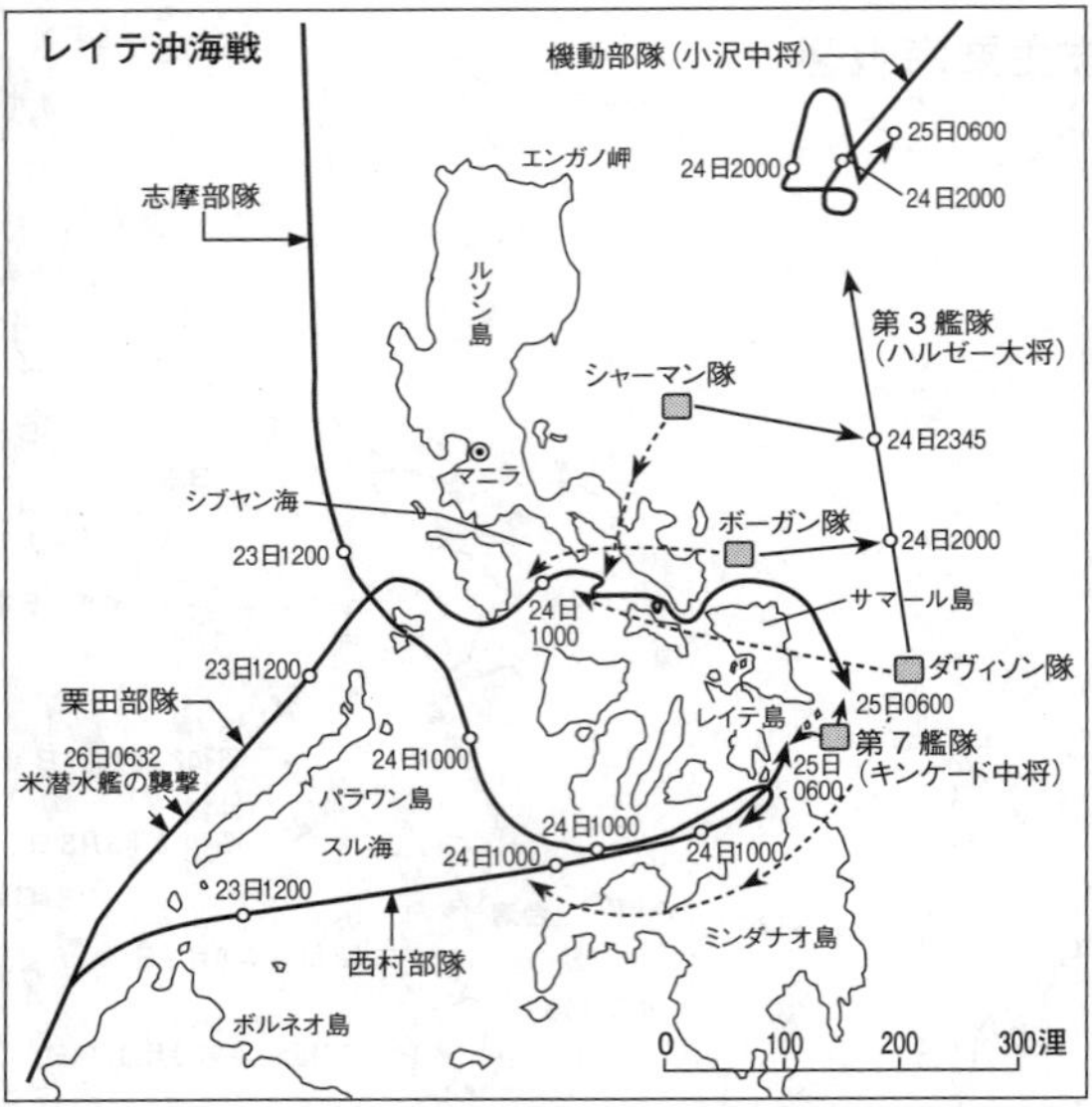
レイテ沖海戦
機動部隊（小沢中将）
25日0600
24日2000
24日2000
エンガノ岬
志摩部隊
ルソン島
第３艦隊
（ハルゼー大将）
シャーマン隊
24日2345
マニラ
シブヤン海
ボーガン隊
24日2000
23日1200
24日
1000
サマール島
23日1200
ダヴィソン隊
栗田部隊
25日0600
レイテ島
第７艦隊
（キンケード中将）
26日0632
米潜水艦の襲撃
24日1000
25日
0600
パラワン島
スル海
24日1000
24日1000
24日1000
23日1200
西村部隊
ミンダナオ島
ボルネオ島
0
100
200
300浬

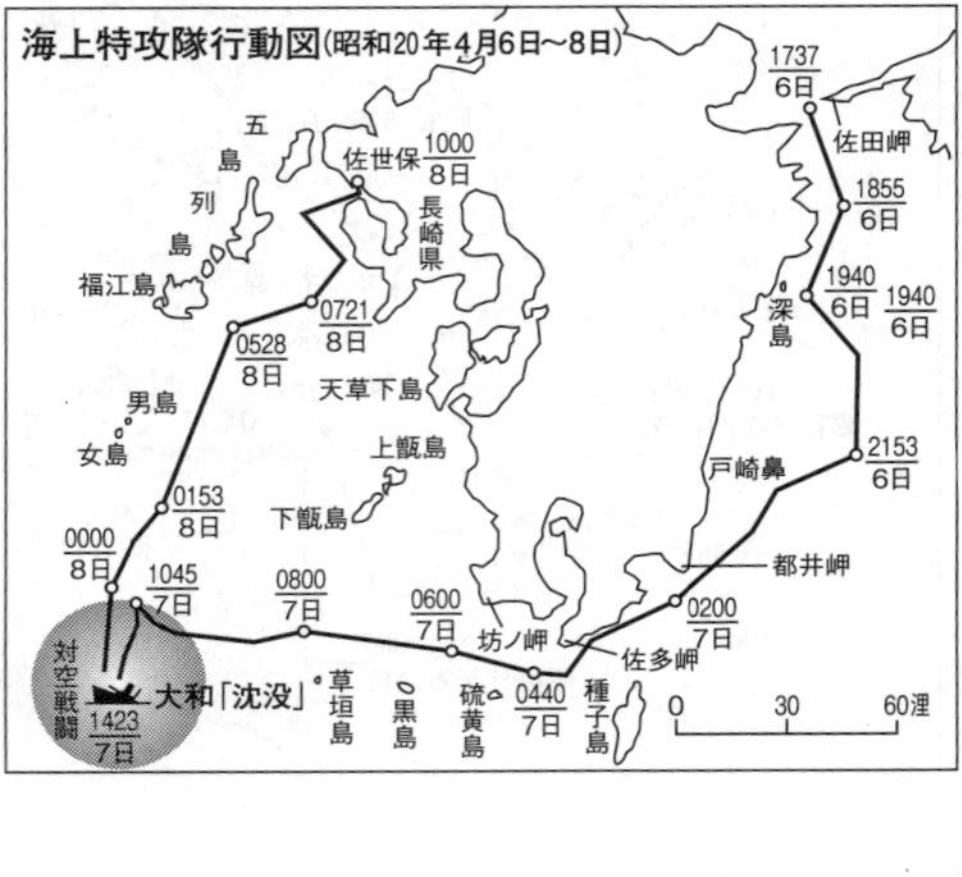
海上特攻隊行動図（昭和20年4月6日〜8日）
1737
6日
佐田岬
五
島
列
島
佐世保
1000
8日
長
崎
県
1855
6日
福江島
0721
8日
1940
6日
1940
6日
深
島
0528
8日
天草下島
男島
女島
上甑島
2153
6日
戸崎鼻
0153
8日
下甑島
0000
8日
1045
7日
0800
7日
0600
7日
都井岬
0200
7日
坊ノ岬
佐多岬
対空戦闘
大和「沈没」
1423
7日
草
垣
島
黒
島
硫
黄
島
0440
7日
種
子
島
0
30
60浬

# 生き残った兵士が語る
# 戦艦「大和」の最期

# 第一章　戦　雲

## 日本海海戦

すべてはこの海戦からはじまった。

明治三十八年（一九〇五年）五月二十六日、日露戦争の勝敗をきめる海上決戦が、日本海でおこなわれた。世に名高い、日本海海戦である。決戦の日、陽がたかくのぼる洋上に、東郷平八郎ひきいる連合艦隊がうかんでいた。

午後一時三十九分、

——バルチック艦隊を発見した。

という報告がはいった、日本海軍にとって、まちわびた会敵であった。

午後一時五十五分。東郷平八郎がのる旗艦「三笠」のマストにZ旗があがった。

「皇国ノ興廃コノ一戦ニアリ、各員一層奮励努力セヨ」

を意味する信号である。

このとき、東郷平八郎は、加藤友三郎や秋山真之ら参謀たちと艦橋にたち、緊張のなか海戦のときをまった。

陸軍の決戦はすでにおわっていた。

明治三十八年三月一日から三月十日、日本海海戦の二ヶ月以上まえ、中国大陸の奉天においてロシア陸軍と日本陸軍が激突した。奉天会戦である。

この戦いにおいて、日本はかろうじて勝った。そして、ここで日本の兵力は尽きた。両国はいったんリングのコーナーにさがり、つぎのゴングを待った。決着はまだついていない。

この戦いで日本陸軍は約二五万人、ロシア陸軍は約三七万人を投入した。日本の死者は約一万六〇〇〇人、負傷者約六万人。ロシアの死者は約九〇〇〇人、負傷者は約五万人。損害は日本のほうが多かった。しかし、ロシア軍が日本軍に押されて退却したため、日本側の勝利という形で奉天会戦はおわった。

この当時のロシアと日本の国力は、一〇対一とも二〇対一ともいわれている。日本が動員できる総兵力は二〇万から三〇万人である。もう予備兵力はない。対するロシアの総兵数は二〇〇万人をこえる。そのうち、日本との戦いに一〇〇万の軍隊を準備していた。まだ予定兵力の半分もつかっていない。

——もう一度やれば、日本はかならず負ける。

と、児玉源太郎（満州軍総参謀長）は頭を痛めた。

それから二ヶ月後、バルチック艦隊が日本に接近した。日本陸軍は、勝負のたすきを日本海軍に渡し、海戦の結果をまった。

ロシア海軍は、日本海軍の約二倍の戦力をもっていた。ただし、日本近海にいるロシア艦隊は、旅順艦隊とウラジオストック艦隊だけであり、日本との戦力比は一対一であった。ここにバルチック艦隊が到着すれば、ロシアと日本の水上戦力は二対一となる。

ロシアは日本近海の制海権を確保するため、ロジェストウェンスキー提督を司令長官に指名し、新鋭戦艦五隻をようするバルチック艦隊を日本にむけて出発させた。本国を出航したロシア艦隊の航行距離は、約三万三三五〇キロである。日本に到着するまで半年以上かかる。冒険的出撃であった。

このとき、ロシア艦隊は、連合艦隊と戦うために出撃したのではない。ウラジオストックにあるロシア基地にゆくために回航したのである。

日露戦争中、日本は船で日本陸軍に補給をおこなっていた。ロシアが、バルチック艦隊をウラジオストック港にゆかせたのは、日本の海上の補給路を遮断するためである。

日本にとって幸いなことに、明治三十七年（一九〇四年）十二月に、旅順港の丘（二〇三高地）を日本陸軍が占領し、陸上からの砲撃によって旅順艦隊を壊滅していた。さらに、ウラジオストック港のロシア艦隊も日本艦隊との海戦により消耗していた。

のこる敵は、はるかロシアから回航してくるバルチック艦隊だけである。

――ロシア艦隊との海上決戦に勝利し、有利なかたちで講和をしたい。

と、日本の戦争指導者たちは願った。

奉天会戦のあと、日本は、国力の限界から戦争終結の道をさぐった。それに対し、大国ロシアはまだまだやる気であった。

ウラジオストック港にはいったバルチック艦隊が日本の海上補給路を寸断し、中国本土にいる日本軍を干上がらせる。その一方でシベリア鉄道をつかってロシア軍の戦力を充実し、日本軍を粉砕する。地上において日本軍を破ればロシアの勝利が決定する。

バルチック艦隊がウラジオストック港まで逃げきれれば、この戦争の結末はロシアのシナリオどおりにすすむ。そうならないためには、到着したロシア艦隊を海にたたきしずめなければならない。

日本海海戦は、こういった戦況のなかではじまった。

山本五十六候補生

九州の対馬沖に敵艦隊のすがたがみえた。国家の命運をかけた海戦がはじまった。両国の艦隊の距離がみるみるちかづく。連合艦隊は縦列。バルチック艦隊も縦列である。その距離が六〇〇〇メートルになった。

このとき、連合艦隊は、T字戦法をとる。

これまでの海戦はほとんどの場合、おなじ方向に走りながら戦う「同航戦」と、すれちがいながら戦う「反航戦」によって戦われてきた。T字戦法は、縦隊でむかってくる艦隊に対し、横隊（T字）になって立ちふさがり、全火力を敵艦隊の先頭に集中させるというものである。

しかし、「同航戦」や「反航戦」の途中でT字の戦型をつくると、艦隊の速度がおちて敵の砲撃にさらされる。そのため「T字戦法」は理論上の戦術であり、実戦ではつかえないといわれていた。その理論上の戦術を東郷平八郎はおこなった。しかも敵の直前でおこなった。有名な「敵前回頭」である。海戦の常識からはずれた破天荒な艦隊運動であった。

バルチック艦隊との距離が六〇〇〇メートルを切ったとき、日本の艦隊が左に回頭をはじめた。船の速力が落ちた。運動中は艦砲を撃つことができない。このため、回頭運動がおわるまで各艦は被弾しつづけた。敵弾は先頭をはしる旗艦「三笠」と最後尾にいた「日進」に集中した。とくに「日進」の艦上はすさまじい状況になった。

ロシア戦艦の一二インチ砲弾が前部の主砲に命中し、大小の破片が弾丸となって飛び散り、甲板にいた将兵たちをなぎたおした。さらに九インチ砲弾が落下し、轟音とともに大爆発をおこし、するどくとがった無数の鉄片群が手裏剣のように旋回しながら司令室を襲い、司令官や航海長を負傷させ、一緒にいた九〇名の少尉候補生たちも重軽傷をおった。候補生たちの士官服が血に染まり、負傷者がうめき声をあげた。

その血の海のなかに、山本五十六候補生（二一歳、当時は高野五十六）がいた。このとき、この若者は左手の人差指と中指をうしなっている。

連合艦隊の主力は、戦艦四、装甲巡洋艦八、巡洋艦一五、駆逐艦二一、その他水雷艇約四〇隻であった。対するバルチック艦隊の主力は、戦艦八、装甲海防艦三、装甲巡洋艦三、防護巡洋艦三、巡洋艦三、駆逐艦九隻である。

ロシア艦隊は「反航戦」にもちこみ、連合艦隊とすれちがいながら砲弾をあびせ、そのままウラジオストック港に逃げ込もうとした。それに対し、連合艦隊は、そうはさせじとT字戦法を展開し、敵艦隊を追いながらイの字にちかい形となった。

そして、艦隊の展開がおわったとき、東郷平八郎（連合艦隊司令長官）が、

「撃テ」

と命令した。各艦の主砲が一斉に火をふいた。

海戦は三〇分でおわった。

日本艦隊の喪失がゼロ隻であったのに対し、ロシア艦隊は二一隻が沈没した。ウラジオストク港にたどりついたロシア艦は、傷ついた巡洋艦一隻と駆逐艦二隻だけだった。ロシア側の戦死者は四八三〇人、捕虜六一〇六人である。日本側は戦死者一一六人、負傷者五三八人であった。連合艦隊の沈没は、水雷艇三隻だけであった。日本の完全勝利である。

日本海海戦は、日本海軍にとって神の日ともいうべき特別な一日となった。

## 東郷の連鎖

明治三十八年（一九〇五年）九月五日、日露戦争がおわった。

同年、東京で祝賀会がおこなわれた。このとき、日本にきていたアメリカの戦艦「オハイオ」にも招待状がとどいた。祝賀会には、この艦に乗っていた士官候補生たちも出席した。

その席上で、一人の候補生が東郷平八郎と接し、

「これがあのトウゴウか」

と、伝説の英雄を仰ぎみるような尊敬心をもった。

この候補生の名は、チェスター・W・ニミッツという。

数学の教師のような風貌をもつこの若者が、のちに太平洋艦隊司令長官となり、日本を完敗においこむ。

ニミッツの東郷平八郎に対する尊敬は本物であった。昭和九年（一九三四年）、東郷平八郎が死んだとき、ニミッツは米アジア艦隊の旗艦「オーガスタ号」の艦長として葬列に参加し、自宅でおこなわれた葬儀にも出席している。

昭和二十年（一九四五年）八月十五日、太平洋戦争がおわったあと、同年九月、戦艦ミズーリの艦上で降伏文書の調印式がおこなわれた。

その数日前、ニミッツは「三笠」を訪ねている。「三笠」は日本海海戦の旗艦である。東郷平八郎はこの船にのって連合艦隊を指揮した。

祝賀会で東郷平八郎と対面したときから四〇年がすぎた。

——東郷にあこがれた自分が、アメリカ艦隊の指揮官となって連合艦隊を全滅させた。

ていた。ニミッツはすぐに歩哨を手配し、「三笠」を盗難から守るように命じている。
「三笠」を見たとき、感慨ぶかいものがあったであろう。

ニミッツが「三笠」の艦上にあがった。みると艦の部品が戦後のどさくさで持ち去られていた。ニミッツはすぐに歩哨を手配し、「三笠」を盗難から守るように命じている。

太平洋戦争のとき、ニミッツと山本五十六は、日米の海軍の指揮官となって戦った。

この両者の関係においてみれば、日本海において連合艦隊とバルチック艦隊が死闘を演じていたときすでに、ふたりの戦いは、はじまっていたといえる。

## サラエボの銃声

明治三十七年（一九〇五年）、日本は日露戦争に勝ち、ロシアの東進による亡国の危機は去った。連合艦隊も生きのこった。日本は軍事大国の仲間にはいった。

大正元年（一九一二年）、大正の時代になった。

その二年後。サラエボで事件がおきた。サラエボはユーゴスラビアにある小さな町である。ここに滞在していたオーストリアの皇太子が、セルビアの若者によって射殺されたのである。大正三年（一九一四年）六月二十八日のことであった。この銃声から第一次世界大戦がはじまる。

サラエボの事件は、世界三〇カ国が参戦する大戦へと発展した。ヨーロッパの各地で凄惨な戦闘がはじまった。極東の日本もこの戦争に参加し、ドイツ領である青島を占領し、さらに南洋諸島のポナペ諸島、ヤルート諸島、トラック諸島、サイパン諸島を日本の領土とした。

この間、日本の経済は戦争景気に沸いた。「成金」などという日本語が生まれたのもこの時期である。

第一次世界大戦がおわったのは、大正七年（一九一八年）である。長い戦争であった。

この大戦は新兵器の開発合戦になった。フランス戦線ではじめてイギリスの戦車が登場し、海にはドイツの潜水艦Uボートがあらわれ、各国が飛行機を兵器としてつかうようになった。戦争によって科学が急速に発展した。その結果、死者八五〇万以上、負傷者二〇〇〇万以上という大被害を人類にもたらした。

## 大正の世

第一世界大戦がおわると日本に不況がおとずれた。物価が高騰し、各地で米騒動とよばれる暴動がおこった。政府に対する国民の不満がたかまり、政党政治や普通選挙をもとめる大正デモクラシー運動がさかんになった。大正九年には大規模なストライキがおこり、労働者によるメーデーもはじまった。普通選挙要求運動がはげしくなり、大正十四年（一九二五年）、治安維持法とともに普通選挙法が成立した。

大正時代は、大不況のなかで近代化がすすむという不思議な時代であった。

都市は人口が増え、交通が発達し、映画やラジオなどの娯楽も一般化した。街には電車やバス、タクシーが走り、ビルが建ち、ラジオや蓄音機からは音楽がながれた。

人々は、デパートで買い物し、レストランにはいってカレーをたべ、喫茶店でコーヒーをのみ、映画館にはいってチャップリンやチャンバラの活動写真をみた。書店には雑誌がならび、島崎藤村、北原白秋、芥川龍之介などの本が競うように出版された。スポーツも盛んになった。とくに野球は相撲以上の人気となり、大正十三年には甲子園球場が完成し、熱戦がくりひろげられた。

わたしは、大正十一年（一九二二年）十一月五日にうまれた。わたしの実家は約一町歩の水田耕作と山林経営をいとなんでいた。父三九歳、母三八歳、兄弟は、姉三人、兄一人、弟一人、妹一人である。

わたしが生まれ育った五郷村は、三重県の南端にある。山にかこまれた小さな田舎町であった。村は豊かな自然にかこまれ、前時代の生活様式のなかにあった。朝はにわとりの鳴き声で起き、夜になるとランプがともった。カレーも食わず、映画も見ず、ラジオもなかった。それでも村人たちは、飢えることもなく、平和のなかでのびのびと暮らしていた。

戦争にいたる道

大正十五年（一九二六年）十二月二十五日、大正天皇が崩御され、年号が昭和に改められた。

「昭和」とは、中国の古い本（四書五経のひとつである書経尭典）にある「百姓昭明、協和萬邦」からとってつくられたという。意味は、

　——国民の平和および世界各国の共存繁栄を願う。

である。

　しかし、大正末から昭和初年にかけての経済状況は最悪の状態だった。

　第一次世界大戦後の不況、それにおいうちをかけるかのように、大正十二年九月（一九二三年）には関東大震災が発生した。昭和二年にはいると銀行がつぎつぎとつぶれる事態となった。

　このとき日本は、貿易を盛んにして活路を見いだそうとした。しかし、世界的大不況の波にのまれ日本経済は逼迫した。いつの時代も経済悪化のしわ寄せは貧困層にむかう。地方の農村では娘を身売りせざるを得ない状況になった。日本は、ゆきづまった経済を活性化させるため、内乱がつづいている中国大陸への経済進出を計画した。このアジアに対する経済の膨張政策が太平洋戦争の出発点である。

　日本の経済進出は軍の力をともなったものとなり、やがては関東軍の暴走をゆるし、さまざまな事件、事変を経て、昭和十二年（一九三七年）、日中戦争がはじまった。

　日本の街から大正時代の自由な雰囲気が消えた。軍部が力を増し、戦争の暗い影がちらつきだした。民衆の心は不安感につつまれた。

　昭和十四年（一九三九年）、世界はヒトラーを中心にうごいていた。

　同年八月二十三日、ヒトラーは最大の敵であるソ連と「独ソ不可侵条約」をむすぶ。そして、その直後、ドイツがポーランドに侵攻した。これが世界戦争の引き金となった。同年九月三日、イギリスとフランスがドイツに宣戦を布告した。第二次世界大戦のはじまりである。

ドイツはポーランドを占領したあと、昭和十五年（一九四〇年）にはいると、デンマークとノルウェーを占領した。さらにベネルクス三国とフランスを制圧し、イギリス軍とフランス軍を主力とする連合国軍をヨーロッパ大陸から後退させた。

昭和十五年（一九四〇年）五月十五日、オランダが降伏、同年五月二十八日、ベルギーが降伏、フランスの敗北も決定的となった。同年六月十日、イタリアがドイツの尻馬にのるように、イギリスとフランスに宣戦布告した。フランスは、同年六月二十二日、ドイツに降伏した。

このとき、たれもが、

――ドイツは世界を制服するのではないか。

とおもった。

日本はこの時期、昭和十二年（一九三七年）からはじめた日中戦争が泥沼化し、国力が消耗しつつあった。苦境にたつ日本を元気づけたのは、ドイツの躍進である。東南アジアに植民地をもつオランダとフランスがドイツに降伏した。イギリスもドイツに圧倒されている。

――この国際情勢を利用して東南アジアを占領すれば国力を回復できる

と日本の指導者はかんがえた。そして、武力による「南進政策」を積極的に推進していった。

南進とは、東南アジアにむかうことをいう。南進することによって日本は、

中国
フィリピン（アメリカ領）
インドシナ（フランス領）
ボルネオ（イギリス領）
インド（オランダ領）
マレー（イギリス領）
ビルマ（イギリス領）

を占領し、石油、石炭、鉄鉱石、金、銀、銅、錫、亜鉛、タングステン鋼（硬い特殊鋼。銃身や砲身の材料）、ニッケル、ボーキサイト（アルミニウムを含む鉱石）、マンガン鉱石（電池の材料など）、硫黄、ゴムといった戦争資源のほか、米、小麦、綿花、麻、砂糖、豆類、とうもろこし、キニーネ（薬品原料）、タバコなど、あらゆる物資を確保しようとした。

## 開　戦

日本の最初の南進はインドシナ半島（フランス領）であった。

当時のインドシナ半島は中国国民政府（蒋介石政権）に対する英米の支援ルートになって

いた。この支援ルートを遮断するため、日本は、昭和十五年（一九四〇年）九月、インドシナ半島の北部に軍隊をすすめた。これが「北部仏印進駐」である。

このあと、昭和十五年九月二十七日、日本はベルリンにおいて「日独伊三国同盟」に調印した。

これによって日本は第二次世界大戦時における枢軸国となり、連合国軍（アメリカ、中国、イギリス、ソビエト、オーストラリア、カナダ、フランス、オランダ、ニュージーランドなど）を敵にまわして戦うことになった。

ちなみに枢軸国とは、第二次世界大戦のとき、連合国と対立した国々のことをいう。枢軸の語源は、昭和十一年（一九三六年）に、

「今後の国際関係は、ローマ（イタリア）とベルリン（ドイツ）をむすぶ線を枢軸（中心）として展開するだろう」

とイタリアのムッソリーニが演説したことが由来だといわれている。

第二次世界大戦時の枢軸国は、当時の国名でいうと、ドイツ、日本、イタリア、ハンガリー、ルーマニア、フィンランド、ブルガリア、タイ、スロバキア、アルバニア、クロアチア、ビルマなどであったが、実質的な戦闘国は、ドイツとイタリア、そして日本の三国だけであった。しかも、連合国とは異なり、枢軸国が連携して作戦をおこなうことはなかった。

日本は単独で、連合軍と戦わなければならなくなった。

昭和十六年（一九四一年）七月二十八日、日本は、「南部仏印進駐」と称し、インドシナの南部（フランス領）に軍をすすめた。これをうけ、アメリカ、イギリス、オランダは、同年八月一日、日本に対する石油の輸出を禁止した。

石油資源のない日本は追いこまれた。そして、戦争に突入していった。

昭和十六年（一九四一年）六月二十二日、ドイツ軍がソ連に進攻をはじめた。

同年十二月、ドイツ軍はモスクワのすぐ近くまで迫った。

しかし、きびしい冬の到来とロシア軍の頑強な抵抗に苦しみ、ドイツ軍が戦線から後退を開始した。ヒトラードイツがはじめておこなった撤退であった。

ドイツ軍がソ連国内の戦線から後退を開始したとき、日本はアメリカの領土であるハワイの真珠湾を攻撃し、戦争をはじめた。

昭和十六年十二月八日、早朝のことであった。

# 第二章　開　戦

## 真珠湾

日本海軍は真珠湾攻撃をおこなった。

戦艦が海の主役である時代に、空母と艦載機（空母に搭載した飛行機）をつかって大規模な奇襲をおこなったのである。世界戦史上、まったく新しい戦術であった。

発案したのは、山本五十六であった。

山本五十六は、アメリカ駐在の経験がある。軍縮会議にも出席している。アメリカとの国力の差は十分に知っていた。そのため対米戦争には一貫して反対していた。その山本五十六が連合艦隊司令長官となり、戦争を遂行せざるを得ない状況におかれた。そのとき提案したのが、航空機をつかった先制攻撃であった。

日露戦争のとき、日本の指導者たちはロシアとの国力の差を考え、

――兵力を集中して短期決戦をおこない、有利な状況で戦争を早期に終結する。

| 山本五十六履歴 | | |
|---|---|---|
| 明治三十七年 | （一九〇四年） | 海軍兵学校を卒業し、日本海海戦に参加 |
| 大正八年 | （一九一九年） | アメリカハーバード大学に留学 |
| 大正十二年 | （一九二三年） | 霞ヶ浦航空隊副長 |
| 大正十四年 | （一九二五年） | 駐米武官 |
| 昭和三年 | （一九二八年） | 軽巡洋艦「五十鈴」の艦長 |
| 同年 | | 航空母艦「赤城」の艦長となる。 |
| 昭和四年 | （一九二九年） | ロンドン軍縮会議、海軍専門委員 |
| 昭和五年 | （一九三〇年） | 海軍航空本部技術部長 |
| 昭和八年 | （一九三三年） | 第一航空戦隊司令官 |
| 昭和九年 | （一九三四年） | ロンドン海軍軍縮会議予備交渉、海軍側首席代表 |
| 昭和十年 | （一九三五年） | 海軍航空本部長 |
| 昭和十四年 | （一九三九年） | 連合艦隊司令長官 |

という戦略をたてた。長期戦になれば日本が負けることをしっていたのである。

太平洋戦争のときもおなじである。

山本五十六は、

　アメリカと日本の国力の差は大人と子供である。そのアメリカと戦争をする以上、

「短期決戦・早期和平」

しか道はない。そのためには、航空機をつかった先制攻撃によって戦線を押しまくり、

戦局が有利な状況で和平するしかない。

と考えた。

真珠湾攻撃は、周囲からみると突飛な発想におもえたが、航空関係の部署にながく勤務した山本五十六にとっては、ごく自然な発案だった。

山本五十六はこれまで三国同盟（ドイツ、イタリア、日本）に断固反対し、英米との戦争を回避しようと尽力した。その彼が連合艦隊司令長官になり、開戦が決定するや、軍令部の反対をおしきって真珠湾攻撃をおこなった。与えられた役職において、最善の努力を尽くそうとする官僚軍人の顔がかいまみえる。

東郷平八郎は昭和九年（一九三四年）まで生きた。享年は、八六歳であった。日露戦争後、東郷平八郎は神格化され、日本海海戦は人びとの記憶のなかで輝きつづけた。

そして、栄光の歴史が日本海軍の固定概念となり、その後の作戦を拘束した。

太平洋戦争当時、対米戦争を想定してつくられた作戦が「漸減邀撃作戦」である。これは、秋山真之がバルチック艦隊をしずめるためにつくった「七段構えの戦法」を踏襲したものである。

「漸減邀撃作戦」とは、太平洋を西進してくるアメリカ艦隊を、潜水艦、航空機、駆逐艦の攻撃によって戦力を少しずつ低下させ、日本近海で艦隊決戦をおこなって勝つという内容である。

アメリカとの戦争がはじまったこの当時、大多数の海軍士官たちは、日本海海戦の再現を夢みていたといっていい。

真珠湾攻撃を敢行した山本五十六の凄みは、日本海海戦に参加していながら、バルチック艦隊殲滅の呪縛にとらわれなかったことにある。大艦巨砲主義の限界を知り、航空機の発達と活用に可能性をみつけ、

「日本が生きのこるには、航空機を最大限につかった奇襲攻撃を展開するしかない」

と考えた。そして、空母を利用した長距離奇襲作戦を実行した。

昭和十六年（一九四一年）の秋、ドイツ軍はモスクワに迫っていた。日本は、ドイツがヨーロッパを制圧し、最終的には、

——第二次世界大戦は枢軸国側が勝つ。

という予想と希望そして気分があった。

アメリカはヨーロッパ戦線に大きな兵力を裂かなければならない。

——太平洋方面は手薄になる。

という思惑もあった。

しかし、日本が対米戦争に踏みきった昭和十六年十二月、ドイツがソ連から敗走を開始した。その日が、昭和十六年十二月八日である。偶然ながら、真珠湾攻撃の日であった。ヒトラードイツに衰退のきざしが見えはじめたとき、日本の膨張が本格化した。やがて世界の敵はドイツから日本にうつる。

日本の戦争計画は風変わりである。

昭和十六年（一九四一年）七月に、アメリカは日本に対する石油の輸出を禁止した。日本

は、これまで石油の九〇パーセント以上をアメリカから輸入していた。このままでは、すべての軍事兵器が停止する。日本は窮地におちいった。

油田は東南アジアにある。その当時、東南アジアは、アメリカ、イギリス、フランス、オランダの植民地であった。おいこまれた日本は、力づくで東南アジアの油田地帯を占領する道を選択した。そして、戦争に突入した。

軍事兵器をうごかす燃料を確保するために、軍事兵器をつかって戦争はじめたのである。世界戦史にまれな、奇妙な出発点であった。

開戦にあたり、大本営は①②を決定した。

①東南アジアに軍隊をおくり、南方資源をおさえる。

②フィリピンを急襲し、駐屯しているアメリカ軍を壊滅する。

①によって油田を所有し、②によって海上輸送路（シーレーン）を確保する。

これにくわえ、連合艦隊司令長官の山本五十六が、

「日本が南方資源の占領をしているとき、アメリカが側面から攻撃をしてくる可能性がある。それを防ぐためには、真珠湾に奇襲をかけ、戦力を弱めておく必要がある」

という作戦案を提出した。

日本の戦争計画のメインは①と②であった。それに付随する作戦が真珠湾攻撃である。

真珠湾の奇襲作戦は、山本五十六から生まれた。

作戦は成功し、八隻の戦艦を沈めた。最大の標的としていた米空母(「エンタープライズ」と「レキシントン」)は外洋にいたため真珠湾にはいなかった。

真珠湾攻撃のニュースは、世界中で報道された。当時、米国海軍省に勤務していたニミッツは、それを自宅のラジオで聞いた。そして、昭和十六年十二月十一日、ニミッツが太平洋艦隊司令長官に指名された。

これによってニミッツは、マッカーサー(陸軍大将)が担当する南西太平洋(ソロモン諸島→ニューギニア→フィリピンの陸路ルート)をのぞく太平洋海域の総指揮官となった。

日本側からみれば、山本五十六は、真珠湾攻撃をすることによって東郷平八郎がつくった日本海海戦の型をうちこわし、航空機時代のドアをあけた。これによって、建造中であった日本の巨艦(「大和」と「武蔵」)は、戦線に登場するまえから活躍の場をうしなう。

アメリカ側からすると、ニミッツは真珠湾攻撃によって空母活用の有効性と航空機主力の効果を知る。山本五十六から新しい戦術を学習したといっていい。そして、アメリカ海軍の指揮官となり、バルチック艦隊を海にたたきしずめた日本の連合艦隊と対決することになった。暮夜ひとり、これからの戦闘のことを考えたとき、尊敬する東郷平八郎の姿が頭に浮かんだかもしれない。そのときの思いは、あるいは複雑なものであったようにおもえる。

## マレー沖海戦

太平洋戦争がはじまった。
日本軍は、
　真珠湾攻撃（日本海軍）、
　フィリピン攻撃（日本陸軍）、
　オランダ領東インド（陸海軍共同）
の三隊にわかれてどうじに戦闘を開始した。
真珠湾攻撃とともにフィリピン攻撃も成功し、フィリピン駐屯のアメリカ軍は降伏した。アメリカ極東軍司令官であったマッカーサーは、ミンダナオ島から飛行機で脱出した。
昭和十六年十二月八日、真珠湾攻撃がはじまる七〇分前に、日本陸軍がタイ国の国境に近いマレー領コタバルに上陸した。これをくいとめようと、イギリスの東洋艦隊がシンガポールのセレター軍港から出撃した。二日後、イギリス艦隊がマレー沖まできた。
昭和十六年十二月十日、このマレー沖の敵艦隊を日本海軍航空隊が攻撃した。これが「マレー沖海戦」である。この海戦は真珠湾攻撃とともに歴史的な海戦となった。
この海戦で、イギリスの最新戦艦、「プリンス・オブ・ウェールズ」と「レパルス」が撃沈された。二艦を海にしずめたのは、航空機（九六式陸攻、一式陸攻）による魚雷攻撃と爆弾攻撃であった。これにより、飛行機の攻撃によって、うごいている戦艦を撃沈できることがわかった。
報告をうけたニミッツもおどろいたであろう。以後、貴重な戦訓を得たアメリカは、航空戦重視の戦略にかたむいてゆく。

皮肉なことに、航空機による海戦の火ぶたがきられた直後に、「大和」が誕生している。昭和十六年十二月十六日、この日、世界一の巨艦「大和」が竣工した。海軍が引き渡しをうけ、「大和」に軍艦旗が掲揚され、連合艦隊第一戦隊に編入された。

## ＡＢＤＡ艦隊の壊滅

日本の進撃はつづく。

昭和十六年（一九四一年）十二月、マレー半島に上陸した日本陸軍が連合軍と戦闘にはいった。陸軍の指揮官は、山下奉文中将であった。日本軍の総数は三万以上にのぼった。連合軍司令官は、アーサー・パーシヴァル中将であった。日本軍は連合軍と交戦しながらシンガポールをめざした。

昭和十七年二月二十七日、パーシヴァル中将が降伏を決断し、シンガポールが陥落した。山下中将はこの勝利により国民的な英雄となり「マレーの虎」とよばれた。

南進した日本軍は、ボルネオ島（現、インドネシア、マレーシア、ブルネー）のパリクパパンやスマトラ島（現、インドネシア）のパレンバンなどの油田地帯を占領した。

これで戦争をするための燃料を確保した。

軍艦というのは石油を大消費する兵器である。連合艦隊をようする日本海軍にとって、南方にある油田の確保は戦争遂行の絶対条件であった。油田地帯の制海権、制空権を安定させるためには、オランダ軍がまもるジャワ島が必要である。ジャワ島を攻略するためには、直近にあるバリ島の飛行場が必要となる。

昭和十七年二月十九日、日本海軍は、バリ島の攻略をはじめた。

これを連合軍の艦隊（巡洋艦三隻、駆逐艦七隻）が阻止しようとした。連合軍と日本海軍（駆逐艦四隻）が戦闘にはいった。

これが「バリ島沖海戦」である。

この海戦により、オランダ駆逐艦一隻が沈没、オランダ巡洋艦二隻、アメリカ駆逐艦一隻が損傷した。日本側の損害は、駆逐艦一隻の損傷だった。この海戦は、このあとジャワ島をめぐっておこなわれる大規模海戦の前哨戦であった。日本海軍はこの海戦に勝利し、バリ島を手にいれた。

つぎに日本は、上陸部隊をのせた船団をジャワ島にむけた。それを重巡洋艦二隻等、一八隻からなる艦隊で護衛した。

その日本艦隊を、巡洋艦五隻、駆逐艦一一隻で構成されたＡＢＤＡ艦隊（アメリカ、イギリス、オランダ、オーストラリアの艦隊）がむかえ撃った。

昭和十七年二月二十七日、午後五時三十九分、ジャワ島のスラバヤの沖で両軍の艦隊による砲撃戦がはじまった。

「スラバヤ沖海戦」といわれるこの海戦により、オランダ巡洋艦一隻、イギリス巡洋艦二隻、オランダ駆逐艦一隻が沈没、アメリカ巡洋艦一隻、イギリス巡洋艦一隻が損傷した。日本側は、駆逐艦一隻の損傷だけだった。

「スラバヤ沖海戦」の勝利により、ジャワ島周辺の制海権と制空権は日本のものとなった。

海戦終了後、日本の陸軍は、五六隻の輸送船をつらねてジャワ島にむかった。

この大輸送船団に対し、さきの「スラバヤ沖海戦」でやぶれたＡＢＤＡ艦隊の生きのこり艦隊が攻撃した。この敵艦隊を日本海軍がスンダ海峡で発見し、重巡洋艦二隻からなる一五隻の水上部隊で攻撃を開始した。

「バタビア沖海戦」といわれるこの戦いでは、アメリカ巡洋艦一隻、オランダ駆逐艦一隻が沈没した。これにより、ＡＢＤＡ艦隊は壊滅した。日本側の損害は、輸送船四隻の沈没であった。以上の海戦によって、油田が豊富なジャワ島周辺は日本のものとなった。

## ドゥリットル空襲

昭和十七年五月、日本は戦勝気分にうかれていた。

この時期、今後の方針をめぐり、陸軍と海軍の意見がまっぷたつにわかれた。

陸軍の敵はソ連である。東南アジアの油田地帯を確保した。これからはソ連戦にそなえ、分散した兵力をもういちど満州や中国にもどそうとした。

海軍の敵はアメリカであった。海軍は太平洋方面に勢力をのばし、アメリカ戦を優位にすすめたいと考えていた。

海軍がもっともおそれたのは、アメリカとオーストラリアが連携することである。そのため、日本海軍は、サモア、フィジーを攻略し、そこに日本軍の基地をつくることにより、両国の連絡を絶とうとした。これを「FS作戦」という。この作戦が凄惨な結果を生む。

陸軍と海軍が作戦方針をめぐって対立した。陸軍は「FS作戦」は補給がつづかないから無理だとして反対した。議論は白熱し、両者、一歩もひかない。

ここで、陸軍の意思をまげる事件がおきる。アメリカが、航空母艦から発進させた中距離爆撃機で日本を爆撃したのである。この空襲の目的は、敗戦がつづく連合軍の士気高揚のためだったといわれている。

本来、航空母艦にのせるのは、艦載機といわれる小型の飛行機である。日本の零戦やアメリカのグラマンなどが有名である。しかし、艦載機の航続距離は一〇〇〇キロ前後しかない。艦載機で空襲をかけるためには、五〇〇キロの海域まで空母を進めなければならない。

東京から五〇〇キロといえば、八丈島や三宅島あたりだろうか。そこまでゆくと連合艦隊に包囲されて殲滅されてしまう。そこでアメリカは、軽量化した中距離爆撃機を空母から発進させることをかんがえた。

使用された機はB25であった。B25は、双発の爆撃機である。距離にして四〇〇〇キロ以上とべる。空母から中型機を離陸させ、日本に空襲をかけたのち、中国大陸の飛行場に着陸するという計画であった。

昭和十七年四月十八日早朝、米空母「ホーネット」から、一六機のB25が飛びたった。日本まで六五〇マイルの距離だったというから、約一〇〇〇キロである。一機が五〇〇ポンド爆弾（二二五〇キロ爆弾）を四個つんでいた。爆弾の重量と、空襲にかかる時間、中国の飛行場までの距離を考えると、燃料がもつかどうかギリギリであった。

一番機の機長はドゥリットル中佐であった。日本空襲部隊の指揮官である。

のちに「ドゥリットル空襲」といわれるこの攻撃により、東京都（東京市）、神奈川県（川崎市、横須賀市）、愛知県（名古屋市）、三重県（四日市）、兵庫県（神戸市）が爆撃された。被害は、死者五〇人、二六二戸の家屋が損傷した。

昭和二十年（一九四五年）三月十日に、アメリカの大型機B29によっておこなわれた東京大空襲の被害は、死者約一〇万人以上、焼失家屋二三万戸以上といわれている。

それにくらべると「ドゥリットル空襲」によってうけた損害はきわめて軽微だったといえる。しかし、この空襲があたえた日本の戦争指導者への動揺とその後の戦況にあたえた影響は大きかった。

日本本土が空襲をうけた衝撃によって、陸軍の首脳たちもアメリカの空母に対する危機感をつよめ、日本海軍が主張する作戦に同意したのである。

日本の作戦方針がきまった。「FS作戦」が実行されることになった。

この作戦によって、日本兵が五〇〇〇キロのかなたにある南方の島々にゆき、のちに補給がとだえ、大多数のものが凄惨な末路をたどることになる。

米豪遮断作戦（FS作戦）

戦争とは、本来、領土をとりあうものである。

この時期、欧州各国が血みどろの戦いをしていた。その戦闘はいずれも領土を争奪した。しかし、太平洋戦争は、領土の獲得が目的ではなく、島にある飛行場をとりあった。飛行場を占領することによって制海権と制空権を得ようとした。どちらが多くの飛行場を手にいれるかによって太平洋の所有権がきまる。これは、人類史上はじめてあらわれた戦争形態である。

日本がおそれていたのは、フィリピン諸島をうしなうことであった。

日本はインドネシアのスマトラ島やジャワ島の油田をつかって戦争をしていた。この油田地帯と日本本土のあいだにフィリピン諸島がよこたわっている。フィリピン諸島が連合軍のものとなれば、日本への石油還送ルートが遮断され、すべての戦争兵器がとまってしまう。これを防ぐためには、アメリカとオーストラリアの連携を阻止しなければならない。そのためには、フィジー諸島、サモア諸島に日本基地をつくり、両国を遮断しなければならない。

これが「FS作戦」である。Fはフィジー、Sはサモアのことである。

FS作戦を計画したのは海軍軍令部である。山本五十六以下、連合艦隊の参謀も賛成した。ソ連との決戦をのぞむ陸軍参謀本部も結局は同意し、FS作戦が大本営において決定された。

これにより、日本の前線基地が、ウェーク島、ビキニ島、マーシャル諸島、ギルバート諸

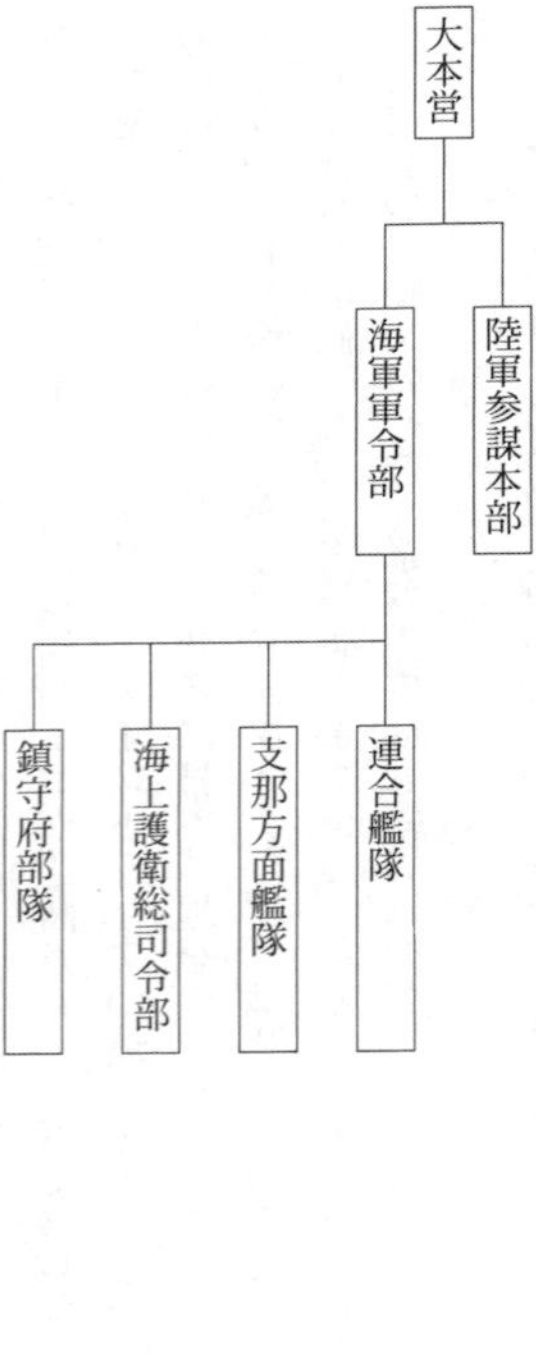


島、ビスマーク諸島そしてニューアイルランド島につくられた。そのなかでニューブリテン島にあるラバウルの基地が最大である。ラバウルは連合国から「要塞」と呼ばれ、おそれられた。

さらに日本は兵をすすめ、フィジー諸島とサモア諸島の手前にある、ガダルカナル島を占領した。このガダルカナル島が南進の最高到達地点となった。

さらにソロモン諸島のまもりをかためるため、ニューギニア島に上陸し、アイタペ、ウエワク、マダン、ラエに飛行場と防衛陣地をつくった。

日本から五〇〇〇キロ以上離れた南の島々にたくさんの日本の基地ができた。そして、おびただしい数の日本兵が配置された。

## 珊瑚海海戦

日本から太平洋を南にゆくとオーストラリア大陸がある。この大陸のまえに大きな島がよこたわっている。ニューギニア島である。この島のオーストラリア側に連合軍の基地があった。ポートモレスビー基地である。このポートモレスビーを日本軍がおさえれば、オーストラリアを領土内に封じこめることができる。

アメリカとオーストラリアの連携をおそれていた日本は、どうしてもポートモレスビー基地がほしかった。そしてだされた作戦が、

「ポートモレスビー作戦」

である。MO作戦ともいう。

ポートモレスビー基地攻略の最大の敵は、ニューギニア島を東西につらぬくオーエンスタンレー山脈である。この山脈の標高は最高四〇〇〇メートルに達し、山を猖獗《しょうけつ》といわれるふかいジャングルがおおっている。

ブナからこの山をこえてポートモレスビーを攻撃する地上ルートは行軍が困難である。そこで海から日本海軍が攻撃することになった。

そして、おこなわれたのが「珊瑚海海戦」である。この海戦では、日米両軍の空母機動部隊が戦闘をおこなった。世界戦史上はじめておこなわれた空母による海戦である。

連合軍の艦隊は、

攻撃隊（巡洋艦五隻、駆逐艦五隻）
支援隊（巡洋艦三隻、駆逐艦二隻）
空母隊（空母二隻、駆逐艦四隻）
給油隊
であった。
それに対する日本艦隊は、
攻略支援隊（重巡洋艦四隻、空母一隻、駆逐艦一隻）
攻略部隊（巡洋艦三隻、水上機母艦一隻、特設砲艦三隻、敷設艦二隻、駆逐艦八隻）
機動部隊（空母二隻、重巡洋艦二隻、駆逐艦四隻）
であった。日本軍の指揮官は、井上成美海軍中将である。
この海戦により、米空母「レキシントン」が沈没し、空母「ヨークタウン」が損傷した。日本側の損害は、空母「祥鳳」が沈没した。
この戦闘は、お互いの軍艦が砲火を交えず戦った近代戦の最初のものである。被害はすべて空母から発進した飛行機によるものであった。損害は五分であった。
この海戦のあと、海からのポートモレスビー作戦（ＭＯ作戦）は中止となった。
しかし、このあとも日本はポートモレスビーに固執し、作戦は陸路からおこなわれることになった。そして、この作戦に投入された日本陸軍の兵士たちは悲惨な状況におちいる。

ミッドウェー海戦

珊瑚海海戦のあと、ミッドウェー海戦がはじまる。この海戦にようやく「大和」が参加した。太平洋戦争の分岐点といわれるこの海戦で、日本海軍は大敗北を喫し、このあと戦況は一気に悪化してゆく。

ミッドウェー作戦は山本五十六の作戦である。真珠湾攻撃につづく大規模な作戦であった。真珠湾では二隻の米空母を逃がした。

──太平洋の制空海権をまもるためには、米空母の撃滅が必要である。

と山本五十六が主張した。資料によると、海軍軍令部はこれにしぶしぶ同意したという。FS作戦は海軍軍令部が主導した作戦である。これに対し、ミッドウェー作戦は、連合艦隊が主体となっておしすすめた。

国力に劣る日本が、ふたつの大規模な作戦を実行することになった。ここから日本軍はおおきく崩れはじめる。

昭和十七年五月二十九日、「大和」は、ミッドウェー作戦のため柱島を出港した。ミッドウェー諸島は、ハワイ島のちかくにある岩礁である。主な島はサンド島とイースタン島である。両島とも小さな島で、平たく丘陵もない。この島に米軍の基地があった。

ミッドウェー作戦とは、アメリカの前線基地であるミッドウェー島を占領することにより、アメリカの空母部隊を誘いだし、これを全滅しようとする作戦であった。この作戦に陸軍

（参謀本部）が反対し、海軍（軍令部）も同意しなかった。

しかし、陸軍はドゥリットル空襲によって折れ、海軍も真珠湾攻撃を成功させた山本五十六の勝負カンにかけた。

アメリカ艦隊の指揮官はニミッツである。山本五十六とニミッツがはじめて総指揮官として戦ったのがミッドウェー海戦であった。勝者はニミッツとなった。

日本海軍の編成は、次のとおりである。

指揮官山本五十六海軍大将

機動部隊＝空母四隻、戦艦二隻、重巡洋艦二隻、巡洋艦一隻、駆逐艦一二隻、油送船八隻

攻略部隊＝空母一隻、戦艦二隻、重巡洋艦二隻、巡洋艦一隻、駆逐艦二一隻、工作艦一隻、
　測量艦一隻、哨戒艇四隻、特設掃海艇四隻、輸送船一五隻、油送船一隻、海軍
　特別陸戦隊、陸軍部隊その他

主力部隊＝戦艦七隻、空母一隻、巡洋艦三隻、潜水母艦二隻、駆逐艦二〇隻、油送船五隻

先遣部隊＝巡洋艦一隻、潜水艦一三隻、潜水母艦二隻

対するアメリカの部隊は、

空母三隻、重巡洋艦七隻、巡洋艦一隻、駆逐艦一七隻、給油船二隻、潜水艦一九隻

であった。

戦力は日本のほうが優勢であった。しかし、結果は日本の完敗であった。損害は、アメリカの空母一隻（ヨークタウン）が沈没したのに対し、日本側の損害は、空母四隻（赤城、加賀、蒼龍、飛龍）、重巡洋艦三隻が沈没した。

「大和」はこの戦場の後方にいた。戦闘には参加しなかった。空母から発進した航空機が双方の空母を攻撃することにより、この海戦は終始した。戦艦「大和」の主砲の弾がとどく四万メートルのはるか圏外で戦闘はおこなわれた。近代兵器の発達により戦争形態がかわってしまったのである。

この海戦により日本は、正規空母四隻を喪失した。そのうえ有能なベテランパイロットを大量にうしなった。飛行機は再生産することができる。しかし、経験と技術をもったベテランパイロットを養成するためには三年以上の年月がかかる。物的損害以上に人的損害がおおきかった。

日本とアメリカのほぼ中央でおこなわれたこの海戦は、太平洋戦争の勝敗をきめる決定的な戦いとなった。このときの敗戦の事実は、その後も軍部によって隠された。

昭和十七年八月四日、戦艦「武蔵」が就役（新造の軍艦が任務につくこと）し、第一艦隊第一戦隊に編入された。これにより、「大和」と「武蔵」という二大巨艦が連合艦隊の主艦となった。

ミッドウェー海戦では、日本の戦力のほうが優勢であった。それでも日本は負けた。なぜか。

真珠湾攻撃以来、アメリカは日本海軍の暗号を解読していたといわれる。そのため、日本の作戦計画を正確に把握していたという。そうであるとすれば、これがひとつの敗因だろう。

ふたつめは兵力の分散である。日本は北海道のはるか先にあるアリューシャン列島（アッツ島、キスカ島）に対する攻略と、ミッドウェー島に対する攻略をどうじに実施した。そのため、一〇以上のグループにわかれて太平洋上に分散することになった。

真珠湾を空母で奇襲した山本五十六は、アメリカが機動部隊（空母を主体とした艦隊）をつかって、おなじ戦法で攻撃してくることをおそれた。そのため、アメリカ軍の態勢が整わないうちに太平洋における制空海権を確立しようとした。このあせりが、多方面にわたる複合的な作戦となり、その結果「兵力集中の原則」が徹底されず「兵力分散の禁忌」におちいることになった。

それに対しニミッツは、兵力を集中することに全力をあげた。

一例をあげると、さきの珊瑚海海戦で損傷した米空母の「ヨークタウン」は修理に三ヶ月かかる見通しであった。それをニミッツは、ミッドウェー海戦に間にあわせるために突貫工事をさせ、三日間で修理している。

ニミッツはみごとなバランス力を発揮し、分散していた兵力をととのえ、作戦の目的を、

——日本の機動部隊の撃滅

の一点にしぼった。そして、情報戦を展開して日本艦隊のうごきを正確につかみ、奇襲をかけようとした日本の機動部隊に奇襲をかけた。

その結果、回復が不可能な損害を日本にあたえた。ニミッツの調整能力の勝利であった。

## ソロモンの死闘

日本海軍は、ミッドウェー海戦の敗戦により「FS作戦」を中止した。

しかし、連合軍（アメリカ、オーストラリア）による進撃を止めるためには、どうしてもソロモン諸島の制空海権を確保する必要があった。

大本営は、

ソロモン諸島の制空海権をまもるためには、ラバウル基地の防衛が必要である。ラバウル基地をまもるためには、ガダルカナル島の飛行場が必要である。

という結論に達した。

そして、昭和十七年七月、ガダルカナル島に海軍の設営隊（約二六〇〇名）が上陸し、飛行場の建設をはじめた。

ところが、同年八月七日、アメリカの海兵師団（約一万人）が、突如、ガダルカナル島に上陸を開始した。この戦争における、連合軍のはじめての反撃であった。

――連合国の反撃は昭和十八年にはいってからだろう。

と考えていた大本営にとって、想定外のことであった。

ガダルカナル島には、戦闘可能な兵隊は六〇〇人ほどしかいない。日本軍はたちまち全滅した。これ以降、ガダルカナル島の争奪戦がはじまる。

そして、太平洋戦争のすべての海戦の半分ちかくが、ソロモン諸島の海域でおこなわれる。

以下、その概要と「大和」の動きを書いておく。

◇第一次ソロモン海戦（昭和十七年八月九日）

深夜、日本艦隊（指揮官三川軍一海軍中将、巡洋艦七隻、駆逐艦一隻）が、ガダルカナル島の奪回をめざし、ナボ島（ガダルカナル島の直近にある小さな島）の沖にいる連合軍を急襲し、アメリカの巡洋艦四隻を撃沈、巡洋艦一隻、駆逐艦二隻を大破させた。日本側は、重巡洋艦一隻の沈没であった。

この海戦は、夜戦における日本の勝利となった。

同年八月十七日、「大和」、ソロモン方面作戦（ガ島作戦支援）のため、柱島を出撃。

◇第二次ソロモン海戦（昭和十七年八月二十四日〜二十五日）

米空母隊と日本の空母部隊がガダルカナル島沖で交戦し、日本の空母（龍驤）が沈没、水上機母艦である「千歳」が損傷した。アメリカは、空母エンタープライズが損傷した。

同年八月二十八日、「大和」、トラック島着、警戒碇泊、訓練、整備作業。

◇サボ島沖夜戦（昭和十七年十月十一日〜十二日）

レーダーを搭載した米軍（重巡洋艦二隻、巡洋艦二隻、駆逐艦五隻）がガダルカナル島のヘンダースン飛行場を砲撃するために接近した日本艦隊（指揮官、五藤存知海軍少将、重巡洋艦三隻、駆逐艦二隻）を攻撃した。

このとき、米軍は、はじめて電探射撃（レーダー射撃）をおこなった。

日本軍はこれまで夜戦を好んだ。それに対し、アメリカは夜の戦闘をいやがった。ところが、十月十一日の夜、五藤少将ひきいる艦隊が、ガダルカナル島の夜襲に入ろうとしたとき、とつぜん、闇を裂いて砲弾が飛んできた。これによって五藤司令官は戦死し、重巡「古鷹」は沈没、「青葉」は大破した。日本の将兵たちは狐につままれたような気分であったであろう。

アメリカは、これまで苦戦していた夜戦において日本軍を圧倒した。レーダーの威力であった。勝った米軍が一番おどろいたのではないか。このときのレーダーは不完全なものであったし、機械にも慣れていなかった。そのため海戦では誤射があったり、艦隊運動で混乱した。しかし、アメリカは電探射撃（レーダー射撃）の威力を信じ、このあとの開発に力をいれる。その結果はめざましいものとなった。

日本軍がレーダーを装備したのは昭和十九年十月のレイテ沖海戦のときである。日本の軍艦にレーダーが搭載されるまでに二年もまたなければならない。兵器の開発スピードのちがいに、国力の差があらわれている。

◇南太平洋海戦（昭和十七年十月二十六日）

ガダルカナル島の沖において、アメリカの機動部隊（空母二隻、戦艦一隻、重巡洋艦三隻、防空巡洋艦三隻、駆逐艦一三隻）と日本の機動部隊が激突した。

日本艦隊の編成は、

指揮官近藤信竹海軍中将、

前進部隊（重巡洋艦四隻、巡洋艦一隻、駆逐艦六隻）

挺身攻撃隊（戦艦二隻、駆逐艦六隻）

機動部隊（空母四隻）

警戒隊（戦艦二隻、重巡洋艦四隻、巡洋艦一隻、駆逐艦七隻、その他）

であった。

両艦隊は激しい戦闘をおこない、アメリカの空母一隻が沈没、戦艦一隻、空母二隻、巡洋艦一隻、駆逐艦三隻に損傷を負わせた。

この海戦では、アメリカ側に損害が大きかった。しかし、ヘンダースン飛行場を奪回するために上陸した日本陸軍は撃退された。連合艦隊による「ガダルカナル島緊急救援行動」は失敗した。

ガダルカナル島において死闘がおこなわれているとき、「大和」はトラック島にいた。その後、「大和」の将兵たちは、警戒停泊しながら訓練に汗をながした。

◇第三次ソロモン海戦

第三次ソロモン海戦は、四日間にわたっておこなわれた。

昭和十七年十一月十二日

ガダルカナル島にむかった米軍の輸送船団を日本の航空隊が攻撃し、アメリカの重巡洋艦一隻を損傷させた。

昭和十七年十一月十三日

米軍が、ガダルカナル島のヘンダースン飛行場を砲撃するため出撃中の日本艦隊（指揮官、阿部弘毅海軍中将、戦艦二隻、巡洋艦一隻、駆逐艦一六隻）を攻撃した。

この海戦で、戦艦「比叡」、駆逐艦二隻が沈没、駆逐艦四隻が損傷した。

アメリカ側の損害は、巡洋艦二隻、駆逐艦四隻が沈没、重巡洋艦二隻、巡洋艦一隻、駆逐艦三隻の損傷であった。

昭和十七年十一月十四日

ガダルカナル島のヘンダースン飛行場に夜間砲撃をおこなっていた日本艦隊（重巡洋艦四隻、巡洋艦二隻、駆逐艦四隻）に対し、アメリカの魚雷艇と航空部隊が攻撃した。

その結果、日本の重巡洋艦「衣笠」と輸送船七隻が沈没し、重巡洋艦二隻、巡洋艦一隻が損傷した。

昭和十七年十一月十五日

夜、米軍（戦艦二隻、駆逐艦四隻）と日本艦隊（戦艦一隻、重巡洋艦二隻、巡洋艦二隻、駆逐艦九隻）がガダルカナル島沖において交戦し、戦艦「霧島」、駆逐艦一隻が沈没した、アメリカ側は駆逐艦一隻が沈没し、戦艦一隻、駆逐艦一隻が損傷した。

◇ルンガ沖夜戦（昭和十七年十一月三十日）

ガダルカナル島の「ルンガ岬」の沖において、日本艦隊（指揮官、田中頼三海軍少将、駆逐艦八隻）と米軍（重巡洋艦四隻、巡洋艦一隻、駆逐艦六隻）が交戦し、日本の駆逐艦一隻が沈没、アメリカの重巡洋艦一隻が沈没、重巡洋艦三隻が大破した。

昭和十七年十二月三十一日、天皇陛下ご臨席のうえでおこなわれる御前会議において、

――ガダルカナル奪還を目的とし、これ以上、継続した戦闘は不可能である。

という結論に達した。

これにより、ガダルカナル島からの撤退が正式に決定した。

◇レンネル島沖海戦（昭和十八年一月二十九日）

ガダルカナル島の南の海上にある「レンネル島」の沖において、輸送船団の護衛をしていた米艦隊を日本の航空隊が攻撃した。この日本機の攻撃により、アメリカの重巡洋艦一隻が沈没、駆逐艦一隻が損傷した。

◇イサベル島沖海戦（昭和十八年二月一日）

ガダルカナル島の北にある「イサベル島」の沖において、ガダルカナル島から撤退行動をはじめた日本の駆逐艦（二〇隻）に対し、米軍の航空部隊と魚雷艇が攻撃を開始した。これにより日本の駆逐艦一隻が沈没した。

昭和十八年二月八日、ガダルカナル島から日本軍の撤退がおわった。

撤退は、同年二月一日（第一次撤退）、四日（第二次）、七日（第三次）の三日間でおこなわれ、合計、一万一七〇六名が救出された。

ガダルカナル島に上陸した日本兵は約三万一五〇〇人であった。死者は約二万人以上に達した。このうち、戦闘で死んだ者が約五〇〇〇人、のこりの約一万五〇〇〇人は戦病死（病死であっても事実上は餓死だった）であった。

ガダルカナル島における米軍の損害は、戦死者約一六〇〇人、負傷者約四七〇〇人であった。

これが、海軍軍令部が発案し、連合艦隊司令部が賛成し、陸軍参謀本部が同意し、大本営が決定した「FS作戦」の結末である。

深いジャングルのなかで餓死していった兵たちは、

（自分たちが、なぜ、ここで、こんな死に方をしなければならないのか）

という疑問をもったまま死んだのではないか。

◇ビスマルク海海戦（ダンピール海峡の惨劇）

連合軍は、撤退する日本軍を追うようにしてニューギニア島を攻撃した。

昭和十八年一月二日、東部ニューギニアの「ブナ」にいた日本守備隊が全滅した。

連合軍は、ニューギニア島の海岸線をすすんだ。目標はフィリピン諸島であった。

敵は「ブナ」のつぎに「ラエ」にくる。日本はなんとか進攻をくいとめようとした。そして日本は、この「ラエ」に陸軍の部隊（第五十一師団）を送ろうとした。

昭和十八年二月二十八日、午後十一時、五十一師団の将兵約七〇〇〇人が輸送船八隻にのり、八隻の駆逐艦（指揮官、木村昌福少将）にまもられてニューブリテン島のラバウルを出港し、「ラエ」をめざした。ラバウルからラエまで約三三〇キロある。東京から仙台くらいの距離である。

駆逐艦は対空装備がよわい。すでにニューギニアの制空権は連合軍がにぎっている。実行前からこの輸送作戦を不安視する声があったという。しかし、作戦は実行された。

三月三日未明、八隻の輸送船と八隻の駆逐艦がダンピール海峡まできた。ラエはちかい。

「無事にここまできた」

と、みな喜んだであろう。そのとき、連合軍による空からの攻撃が開始された。

三日午前四時、米陸軍機とオーストラリア機が攻撃を開始した。海上は凄惨な状況となった。この攻撃により、二〇代の若い現役兵を満載した輸送船八隻と駆逐艦四隻が沈没し、約三〇〇〇人の将兵が死んだ。生存者のうち、一二〇〇人がラエに上陸し、二七〇〇人はラバウルに帰還した。これがビスマルク海海戦である。

記録上は「海戦」という名がついているが、現実には「殺戮」というべきものであった。

その後、五十一師団は、舟艇や駆逐艦の輸送でニューギニア島に上陸したあと、連合軍と交戦して敗戦した。そして、

——キアリまで退却せよ。

という命令をうけた。

キアリは標高四一〇〇メートルのサラワケット山系のむこうにある。直線距離では一二〇キロであるが、ジャングルを切りひらきながら道なき道を歩かなければならないため、実際には二倍から三倍の距離となる。

夏用の薄い軍服を着た五十一師団の将兵たちが、山にむかってあるきはじめた。約一ヶ月におよぶこの撤退は、飢えによるおびただしいかずの死者をだした。その状況は悲惨をきわ

めた。資料によると、五十一師団約一万六〇〇〇人のうち、終戦のときには、約二七五〇人になっていたという。

駆逐艦たち

ソロモン諸島における海戦は、小さな戦闘をいれると一〇〇におよぶといわれている。勝敗を決したのは航空力であった。

日本の最前線の基地はニューブリテン島にあるラバウル飛行場である。このラバウル飛行場からガダルカナル島まで約一〇〇〇キロある。その途中に日本の中継基地はない。当時、日本が世界に誇った零戦が飛べる距離は、約二〇〇〇キロである。ラバウルとガダルカナル島を往復しかとべない。やむなく、日本の爆撃機は戦闘機の護衛がないままガダルカナル島までいった。

かたや連合軍は、ガダルカナル島のヘンダースン飛行場に航空兵力を集中し、戦闘機を上空で待機させ、飛来してくる日本機をまった。空の戦いにおいては、連合軍のほうが圧倒的に有利であった。

結局、ガダルカナル島の制空権は、最初から最後まで連合軍のものであった。制空権がないため、速力がおそい輸送船によるガダルカナル島への補給もできなくなった。

そして、駆逐艦と潜水艦が輸送に酷使される状況となる。日本の駆逐艦は、ソロモン諸島のショートランド島泊地を拠点として活動した。夜、敵飛行機が活動を停止すると駆逐艦が一列になって出港し、ガダルカナル島まで約三〇〇マイル（約五〇〇キロ）を突っ走り、補給や増援をおこなう。そして、夜があけないうちに全速力で引き返した。

この海の急行列車は、毎夜、同じ時間に、同じ航路を、同じ速度で通過したため、アメリカ兵たちは「東京急行」と呼び、海軍の日本兵たちは「ねずみ輸送」と自嘲した。

本来、自分たちがおこなうべき海戦ができず、夜の輸送においつかわれる兵たちの気持ちが「ねずみ輸送」という例えによくあらわれている。

日本から遠くはなれた南の空と海と地上において、日本軍が血みどろの戦いをしているとき、「大和」の乗組員たちはトラック島を拠点にして厳しい訓練に明け暮れていた。

他艦の将兵たちは、停泊をつづける巨艦に対し、

「大和ホテル」

と揶揄した。

「大和」に乗る将兵たちにとってこの時期は、世界一の戦艦にのりながら、その力を発揮する場が訪れない毎日であった。くやしかったであろう。

駆逐艦「雪風」

太平洋戦争を通じてもっとも可動した船は駆逐艦である。無数におこなわれた海の戦いの場には、かならず駆逐艦の姿があった。とくにここソロモン諸島海戦の主役は二〇〇〇トン

たらずの駆逐艦たちであった。日本の軍艦のなかでもっとも活躍したのは駆逐艦だったといえるだろう。

駆逐艦は、イノシシの群れに突っ込んでゆくしいぬのような役目をもつ。戦艦は二万メートル以上後方にいて主砲の照準をあわせて待機する。それに対し、駆逐艦は常に最前線でハツカネズミのように走りまわらなければならない。

山を歩く猟師が戦艦なら駆逐艦は主人の命令で熊を追う猟犬である。艦体はちいさく、居住環境は劣悪であった。駆逐艦乗りたちは、祖国防衛のために、太平洋の戦線において、意地と技術を誇りとしてがんばった。わすれてはならない海の職人たちである。

その日本の駆逐艦のなかにまことに不思議な一隻のふねがいる。「雪風」である。「雪風」は、「陽炎」型の八番艦である。太平洋戦争を生きのこった数少ない駆逐艦である。この艦は「奇跡の駆逐艦」とよばれていた。

「雪風」は、昭和十五年（一九四〇年）に佐世保で完成した。それ以降、ミッドウェー海戦、ガダルカナル島戦、マリアナ沖海戦、レイテ沖海戦、航空母艦「信濃」護衛、戦艦「大和」の水上特攻など、一五回以上におよぶ作戦に参加した。そのほか、輸送船の護衛、物資や兵員の輸送などもおこなった。そして「雪風」は、はげしい戦火をくぐりながら無傷でありつづけた。

「大和」が沈んだあと、敵機が本土に来襲した。呉軍港も空襲をうけた。そのとき、うごくことができたのは「雪風」だけであった。資料によると、このとき「雪風」は、軍港内を一艦ではしりまわりながら敵機と戦い、対空砲火によって二機を撃墜したという。そのときもほぼ無傷であった。

この妖精のような艦は、当時の将兵のあいだでも有名だった。駆逐艦でありながら、常にいちもくおいて見られていた。「雪風」が作戦に参加すると艦隊の士気があがった。わたしも戦地にゆくときに「雪風」の姿をみるとうれしかった。

昭和二十年四月七日、「大和」が九州沖に沈んだとき、わたしは重油の海を漂流した。そのとき、忽然と駆逐艦があらわれた。「雪風」であった。わたしは「雪風」のロープハシゴにしがみき、なんとか助かった。この艦がいなればわたしは生きていなかっただろう。「雪風」は、どの作戦に参加しても無事であった。そのため、どの海戦でも漂流した将兵たちを救助する任務を果たしてきた。「雪風」によって助けられた将兵のかずは数千に達するのではないか。

駆逐艦として過酷な命令をうけながら、乗組員を死なせることなく任務を果たし、かぞえきれないかずの命を助けた。「雪風」は、世界一の名鑑である。わたしはそうおもっている。

## 山本五十六戦死

ビスマルク海戦のあと、窮地にたたされた日本海軍は、ラバウルに航空兵力をあつめた。――ソロモン諸島海域の劣勢をはねかえすには、航空機による一大決戦以外にない。

そう考えた連合艦隊は、連合軍の基地に大空襲（い号作戦）をおこなった。この陣頭指揮にあたったのが山本五十六であった。

昭和十八年四月一日、トラック島にいた連合艦隊がラバウルに進出した。日本海軍航空隊の攻撃目標は、ガダルカナル島、ニューギニア島のポートモレスビー、オロ湾、ミルン湾の敵基地であった。攻撃は、四月七日から十五日にかけ、四回おこなわれた。刻々と「戦果をあげた」という報告がはいってきた。四月十六日、山本五十六は、作戦を終了した。

しかし、現実には、たくさんの航空機と優秀なパイロットをうしなっただけで、連合軍にたいした損害はなかった。

作戦終了後の四月十八日、山本司令長官が前線視察のため一式陸攻でラバウルからショートランド方面へむかった。ニミッツは、日本の無線通信の暗号解読によって、山本五十六のうごきを正確につかんでいた。そして、山本五十六がのった航空機の撃墜を命じた。アメリカの戦闘機は、ブーゲンビル島ブインの上空で一式陸攻を撃墜した。

山本五十六は戦死した。ニミッツと山本五十六のたたかいもおわった。

山本五十六が死んだとき、「大和」はトラック島にいた。「い号作戦」は航空隊の作戦だったため戦艦の出番はなかった。

昭和十八年五月八日、「大和」はトラック島を出港し、日本にむかった。その後、五月十三日に柱島につき、五月二十一日から入渠した。

「大和」をはじめとする世界に誇る戦艦たちが、トラック島と日本を往復しているあいだに、連合軍の反撃ははげしさを増した。

昭和十八年五月十一日、アメリカ軍がアリューシャン列島のアッツ島に上陸した。アッツの守備隊は、五月三十日に全滅した。

アッツ島が陥落した日、「大和」は整備作業を終え、出渠した。

「大和」の主砲の射程は約四万一〇〇〇メートルである。世界一の飛距離である。艦隊決戦をすれば無敵である。しかし、太平洋でおこなわれたこの戦争は、はるか遠くはなれた洋上や島嶼においておいて激闘がおこなわれていた。「大和」をはじめとする日本の戦艦たちは、主砲を撃つ機会がないまま停泊と航海をくりかえしていた。

# 第三章　「大和」乗艦まで

## 教師

昭和十二年、わたしは、小学校（尋常科六年、高等科二年）の高等科にすすんだ。まもなく卒業である。進路をきめなければならない。

ある日、担任の桑原宣夫先生が家庭訪問にみえ、父母と先生とわたしで進路について話しあった。そしてわたしは、師範学校に進学し、教師になることにきめた。その当時、教師になるためには師範学校にゆかなければならない。これが唯一の公務員コースとなっていた。

師範学校は、ミニ軍隊ともいうべきものであった。学生としての自由は皆無である。しかも教師になっても「聖職」という建前のもと薄給であった。しかし、教師には大きな特典があった。「短期現役制度」である。

昭和二十年まで日本には兵役の義務があり、一度は軍隊にゆかねばならない。これは絶対に逃げることができない国民の義務だった。しかし、教師になると兵役が短縮されるという制度があった。これは、教師になって半年だけ軍隊にゆけば、あとは軍役が免除されるというものである。

これが軍隊を苦手としていたわたしにとって大きな魅力となった。家族もむろん賛成した。とくに母はよろこんでくれた。

昭和十二年四月。わたしは三重県師範学校の試験に合格し、入校した。日中戦争がはじまる三ヶ月前であった。中国との戦争は、短期間で集結するはずであった。しかし一向におわる気配がなく、戦線は拡大し、長期化の様相をみせはじめた。資料によると、わたしが師範学校をうけ、日中戦争がはじまったこの年、「大和」がつくられはじめている。昭和十二年十一月四日。これが「大和」の起工日である。完成までは「一号艦」と呼ばれ「大和」という名はなかった。

「大和」の建艦は、広島県の呉にある海軍工廠においてはじまった。しかし巨艦つくりに着工したことは国家機密とされ、徹底して秘匿された。このためわたしだけではなく、国民のたれも世界一の戦艦が日本でつくられていることを知らなかった。

師範学校

わたしがはいった師範学校は全寮制である。本科一部が五年制、本科二部が二年制、大陸科が二年制とそれぞれコースがわかれていた。わたしは本科一部にはいった。

寮生活は軍隊そのものだった。新入生は新兵とおなじで、上級生には絶対服従し、過酷ないじめやしごきにも耐えなければならない。

街をあるいていてうっかり上級生に欠礼でもしようものなら、その場で容赦のないビンタをされた。映画も自由にみれない。映画館の前でポスターをながめていただけで「けしからん奴」と怒鳴られたりした。外食もいっさい禁止。むろん、女性とつきあうなど夢のまた夢であった。

師範学校には配属将校（大尉）が一週間に一時間か二時間の授業をもち、現役の将校から軍国主義の教育をうけた。

この学校の卒業生たちが教師となる。そして、こどもたちを教育するのである。

――軍国少年をつくるためにはまず軍国教師を養成する。

というのが国の方針だったのだろうか。いまでも大いに疑問を感ずる教育制度である。

わたしは学校になじめなかった。卒業をまえにした冬の夜、ごく親しい友人に、

「聖戦であるといっているが、はたしてそうだろうか」

「東亜の解放というが、どこから解放するのか」

「どんな理由づけをしても、戦争という行為に訴えるのは考えものだとおもうが」

などといった疑問をぶつけ、寮の火鉢をかこんで議論をしたことがあった。

昭和十七年三月。わたしは、ぶじに三重県師範学校を卒業した。

その三ヶ月前に、太平洋戦争が勃発していた。早期に終結するはずだった日中戦争は逆に

拡大の一途をたどり、とうとう日米戦争にまで発展してしまったのである。

結局、師範学校の五年間は、戦争教育にしばられた毎日となった。遊びや勉強の楽しさを感じたことはなく、生活の自由だけでなく心の自由さえも奪われていた。軍靴の響きを耳にしながらすごした青春時代であった。

## 新米教師

昭和十七年四月。わたしは二〇歳で国民学校の教師となった。赴任先は、三重県南牟婁《むろ》郡飛鳥村立日進国民学校であった。

飛鳥村は、わたしが生まれそだった五郷村のとなりにある。また、飛鳥村は母の生地でもあった。このため赴任先はなじみやすい土地だった。

全校児童は二二七人で、各学年ひとクラスずつであった。わたしは五年生を担当した。クラスは四〇人だった。

わたしはこの村で社会人となり、はじめて給料をもらった。四八円だった。給料袋には、一二級四八円と書いてあった。

学校長は南木辰次郎先生で、温厚な方であった。南木先生の実弟は戦死されていた。そのためだったのだろうか、わたしの入隊のことも親身になって心配してくれた。

教頭先生は、陰地恒治先生という個性的な方だった。普段は口数がすくなく「ムッツリ右門」というニックネームがついていた。ムッツリ右門は無口ではあったが、勘どころではズバリとツボをついた発言をされる頭脳明晰な人だった。

わたしは、よい上司にめぐまれたとよろこんだ。上司にもめぐまれたが、職場にもめぐまれた。戦争のまっただなかであったため、男の多くは戦地に行っていた。そのため、学校の男性教師は校長と教頭をのぞくと、わたし一人だった。あとは全員、女性教師である。必然的にわたしは女性にかこまれて仕事をすることになった。学生時代にこなかった青春時代が、おくれて突然きたような気分であった。

しかし、よいことばかりは続かなかった。

戦況の悪化により、わたしが赴任したその年に「短期現役制度」が廃止されたのである。

（すこしだけ軍隊にゆけばあとは免除される）

そうおもっていたわたしは、崖からつきおとされるような衝撃をうけた。

（これはえらいことになった）

と内心あたまをかかえた。

しかし、どうなるものでもない。国運をかけた戦争のときである。運命とおもいあきらめるよりほかなかった。

わたしは、この学校で一ヶ年の教師生活をしたのち、徴兵検査をうけ、軍隊にゆく。ゆけばもどれないだろう。こどもたちの真剣なまなざしのまえにたち、

（悔いを残さぬよう、いい思い出をひとつでおおくつくれるよう、全力を尽くしてやろう）

と誓った。

こどもたち

わたしのみじかい教員生活がはじまった。戦争がはじまってから学校制度が大きく変わり、八紘一宇の思想をこどもたちに徹底する教育方針がとられた。

八紘一宇とは、「日本を中心（一宇）に、世界（八紘）を統合すること」の意味である。この当時の戦争遂行のスローガンである。われわれ教師は毎日、この思想を実現するための教育計画をたてなければならない。新米教師であるわたしは、この計画表つくりが苦手であった。

明日の教授案をつくると学校長に提出し、検閲をうけなければならない。そのとき、誤字脱字の訂正をうけ、指導ポイントのずれをなおしてもらう。この点、南木学校長はまことに優しくわたしを指導してくれた。いつも朱の筆でていねいに文章を校正し、笑顔で返してくれた。

相互研究授業も毎月おこなわれ、教師たちがあつまって放課後おそくまで研修した。研修になると、生意気盛りのわたしは遠慮なく意見をだした。その当時は気にもしなかったが、先輩教師たちはさぞかし困ったことであろう。

放課後はガリ版をきって宿題をつくり、そのあとテストの採点、資料の印刷など、新米教師は多忙であった。

教科書にはいつしか「神州日本」「滅私奉公」「尽忠報国」などの字があふれ、皇国主義（軍国主義）の色彩をつよめていった。軍部は、皇国教育（軍事教育）を徹底することにより、より強い軍人を育て、戦争を勝利に導こうと鼓舞しているかのようだった。

わたしはそういった国のうごきに反発を感じながらも、それにしたがわなければならない現状に苦しんでいた。

（自分はなにを教えればよいのか）

教員住宅の部屋で生徒たちが提出した作文をよみながら、そんなことを考えていた。

しかし、こういった「大人たち」のおもわくをよそに、こどもたちはあくまでもこどもたちであった。教え子たちは戦時下のこどもらしく、強く、たくましく、純粋であった。

「せんせェ。ウナギ獲んにいこらェ」

教員住宅は校舎のはしにあった。こどもたちにとって、二〇歳の新米教師はかっこうの遊び相手であったようだ。

「よし、いくか」

さっそくウナギとりの用意にかかる。

ちかくに大又川がある。透きとおった水をもつ清流である。大勢でつれだって川遊びがはじまった。空は青く、白い雲がうつくしい。こどもたちの笑顔は陽光にかがやき、一点のくもりもない。

(軍隊にゆけばこどもたちと川あそびもできなくなるんだなあ)

ふと、そんな思いが脳裏をかすめた。

卒業式

わたしは、昭和十七年十二月に徴兵検査をうけ、甲種合格した。合格者は、海軍か、陸軍か、希望をいうことができる。わたしの親父と兄きは陸軍にゆき、兄は中国戦線をたたかった。そのふたりから、

「陸軍はたいへんやぞ」

とさんざん聞かされていたため、まよわず海軍を希望した。わたしの希望はかない、海軍にはいることがきまった。入団は四月一日である。海兵団への入団まであと四ヶ月ある。

月日が経つのがはやい。四月一日の入団がちかづく。わたしは、減ってゆく時間をできるだけ有意義にすごそうと、自分を厳しく律し、一秒たりとも時間を無駄にしないように努めた。そのピリピリした気持ちが子供たちに対する指導をきびしくした。いまおもえば、五年生には少し過酷な要求をしたかもしれない。しかし、こどもたちはわたしの要求に耐え、必死になってついてきてくれた。わたしのみじかい教員生活は、充実した日々であった。

入団まであとわずかになった。あどけない児童たちと笑顔で過ごしながらも、日一日とせまる別れの日をおもい胸がつまる毎日であった。征けばもどってくる保証はない。わたしは、いまある時間をかみしめるようにして毎日をすごした。

昭和十八年三月二十三日、六年生の卒業式がおこなわれた。この日をもってわたしの教員生活はおわる。あとは四月一日の入団をまつだけである。こどもたちの卒業式は、わたしの卒業式でもあった。

卒業証書を手に晴れやかな表情をうかべる卒業生をみながら、

(はやく戦争がおわり、この子たちには幸福な人生を歩んでほしい)

とおもった。

卒業式がおわったあと、わたしの壮行会をひらいてくれた。わたしは壇上にたち、一年間の思い出と感謝のことばをのべて壇をおりた。南木校長先生がわたしに声をかけた。そして、もういちど壇上にあがるように指示した。わたしはいわれたとおりに壇上にあがった。南木校長先生もわたしと肩をならべてたった。

そして、校長先生が、

「坪井先生の活躍をいのって、万歳をとなえましょう」

と声をだした。全児童による「ばんざい」がおこなわれた。

こどもたちの声が講堂になりひびいた。

わたしは、おもわぬ事態におどろいた。そして、涙がこぼれた。

このあとバス停にむかった。そのとき、児童、先生方、近所の人たちが見おくってくれた。

この日の午後は実家に帰り、入隊の準備をした。教え子たちのさみしそうな顔と、わかくうつくしい女性教師たちの顔がいつまでも頭からはなれなかった。

このあと、呉海軍人事部から「入団心得」がとどいた。みると、健康にきをつけろ、勉強をしておけ、金銭の所持についてはこうしろなど、こまごまと書いてあった。わたしの気持ちはおもかった。反戦ではなく、厭戦の気持ちであった。

## 海兵団

昭和十八年四月一日、わたしは大竹海兵団に入団した。

大竹海兵団は広島県佐伯郡大竹町にあった。ここで三ヶ月間の基礎教育をうける。ここを卒業すると、戦局まことに不利な戦場へおくりだされるのである。

われわれは兵舎の部屋に案内され、水兵の服装にきがえた。数日前までは国民学校の先生として教壇にたっていたわたしが、いまはクリクリ坊主の新米水兵となって兵舎にいる。あまりの環境の変化にとまどうばかりであった。

「呉徴師五三〇」がわたしの番号である。

――呉鎮守府が管轄する地域から徴兵され、師範学校を卒業した五三〇人目の海軍兵。

という意味であるらしい。

所属は「第三一分隊第十教班」である。

海兵団は、いくつもの兵舎がならんで建っている。すべて二階建てであった。三一分隊は第三兵舎で、第十教班は一階にわりあてられた。

兵舎のなかは体育館のようにひろい。中央をいっぽんの廊下がつらぬき、左右が教班の部屋である。われわれはこの部屋で、就寝し、学習し、談笑し、食事をし、過酷なシゴキに耐えるのである。部屋にベッドはない。そのため、兵舎のなかはガランとした空間である。頭の上に太い梁（ビーム）がある。この梁で各教班が区切られる。梁にはゴツイ鈎（フック）がついている。このフックに吊床（ハンモック）をつって寝る。

敷居の壁がないため、兵舎の端から端までみとおせる。食事もシゴキも完全公開制であった。

「あっ、八教班の井上二水がまたやられている」

と、すぐにわかるのである。

昭和十八年にはいると戦況が悪化し、海軍でも艦隊よりも陸戦隊のほうが重視されはじめていた。海兵団に入団したわれわれも、

――本土決戦の覚悟で戦いに臨まなければならない。

という悲壮感に包まれていた。

師範学校の卒業者もたくさんいた。みな温厚で、人にやさしく、学力は上位であった。全員、教壇にたち、俸給をもらった経験をもっている。過去に社会人の経験があるためか、落ちついた性格の人ばかりだった。そのため一〇代の志願兵や学生上がりの徴兵とはちがい、軍隊になじめない人が多かったとおもう。

しかし、みな、人にうしろ指をさされてはならないという強い思いがあった。わたしも、自分は教師であったという意識を捨て、立派な海軍軍人になろうと努力していた。

兵科によって運、不運があった。

「軍隊というとこはにゃ、運隊といううんじゃのし」

田舎の壮行会で言われた言葉を思いだした。

海軍ではなんといっても主計科と衛生科がよかった。主計課は艦内の食事を管理し、衛生科は将兵の健康を管理する。危険はすくなく、特典が多かった。

わたしたち高角砲分隊の兵科は、敵弾をうけとめる壁のようなものである。訓練はきびしく、いざ実戦になると危険は大という兵科であった。

海兵団の教班は一六名である。各教班に分隊長がついて指導した。わが教班の分隊長は、海軍兵学校出の長船大尉である。備前長船宗家《びぜんおさふね》のご子息であった。備前長船は、南北朝時代からつづく刀工である。長船大尉は刀工の名家にふさわしく、男っぷりのいい、快活な海軍軍人であった。

海兵団の生活がはじまった。

朝、スピーカーからながれる「総員起こし五分前」の号令で一日がはじまる。スピーカーの声で目を覚まし、起床ラッパが鳴るのを息をころしてまつ。けたたましいラッパの音がなりひびくと「総員起こし、総員起こし」の号令が流れる。「それ」といっせいに跳ね起き、吊床をかたづけ、制服をきて中央の通路に整列し、そろった班から当直下士官に報告をおこなう。すべて競争であった。

記述したように、従来、師範徴兵は「短期現役兵」であった。これは、政府と軍が一般教育の重要性を認め、こどもたちを教育する先生を確保するために、教職にあった者に対してとられた特例措置であった。

ところが、わたしが入団した昭和十八年からこの特典が中止となり、一般徴兵者とおなじように満期になるまで勤務することになった。

うちつづく太平洋上のきびしい戦闘の結果、日本軍は消耗した。そして、一人でも多くの戦闘要員を確保するためには、いかなる特例も廃止し、人員をかきあつめなければならなくなっていた。

師範徴兵

以下は余談である。

戦後の話しである。あるとき、ある元高級海軍将校がつぎのようなことを話していた。

気の毒といえば、戦後の記録でも、ほとんど見かけない言葉に「師範徴兵」というのがあるんです。

むかしの師範学校を出た人が短期間の兵役につき、下士官になって先生にもどるという制度なんですが、「大和」にもかなりの師範徴兵の人がいて、戦死しているんです。

特年兵といって、少年兵で志願した人もいますが、やはり犠牲者がずいぶんでていて、その人たちには、東郷神社に碑が建てられたり、予科練でいった人なども、いろいろな形でその魂が慰められているんですが、師範徴兵の人たちだけは、その意味で無視されているようで、気の毒な思いがするんですよ。

「大和」の艦上おいて、われわれ師範徴兵は一般徴兵とおなじように配置につき、身命をなげうって戦い、その多くが艦とともに運命をともにした。

しかし、戦後、師範徴兵たちのことが語られることはほとんどない。教師出身のわたしはそのことに哀しみを感じていた。それだけに、その海軍将校の話しをきいたときには、

(その事実を認めてくれる高級士官もいたのだな)

と感激した。

そしていまでもわたしは、一日でも早く師範徴兵たちの英霊に報いる気持ちを形あるものにしてもらいたいと願っている。

貧乏クジをひいた観のあるわれわれ師範徴兵の面々であったが、進級については特典が残されていた。師範徴兵は一般徴兵よりも進級がはやく、三ヶ月ないし六ヶ月で進級した。

軍隊は階級社会である。なによりも階級がものをいう。はやく進級する師徴兵は他の徴兵たちからうらやましがられ、その嫉妬心がシゴキとなってはねかえり、「師徴兵、セイレ

ツ」と呼びだされ、過酷な制裁をうけた。

一般徴兵の下士官は、軍隊経験がながいため階級章の下に善行章という黄色の山形をしたマークがついている。このマークが多ければ多いほど軍隊では幅がきく。この善行章を一本つけるのに三年かかる。これに対し、師範徴兵は三ヶ月で下士官になるが、善行章はもらえない。階級章をみて黄色のマークがないと、師範徴兵あがりの下士官であることがわかる。そして、

「ああ師徴か」

「短現さんか」

とバカにされるのである。

負けず嫌いのわたしは、こういった軍隊内の風潮がくやしくてならず、

「なにをいうか」

と歯がみし、艦隊勤務となったときには人一倍の働きをしてやると決意したものだった。

これはわたしだけではなく、師徴兵がみな持っていた意地であった。そのため、たとえ教班がちがっても師徴兵どうし、

「おい、がんばっているか」

「しっかりやろうぜ」

と励ましあっていた。

海兵団の生活はつらかった。朝、眼がさめてから夜、眼をとじるまで、息つくひまもない。一日中、全力で神経と肉体を酷使した。わたしは日に何度も、「ナニクソ」とつぶやきながら訓練やシゴキをのりきった。

しかし苦しいことばかりではなかった。なかには楽しいこともあった。班員が全員でなにかにとりくみ、成果がでたときの喜びはなにものにもかえがたい。海兵団の生活は、その瞬間の連続だったといっていい。なによりも、ともに苦しみをのりこえた多くの友人を得たのは、わたしの人生の財産となった。

そして、海兵団における訓練の目的が、

——なにごとにも努力を惜しまない人間を育成する。

ことにあることが、卒業がちかづくにつれてわかってきた。

団体規律の異常なきびしさは、敵弾雨飛のなかで自分がもっている知識と力をあますことなく発揮するためであった。のちにわたしは、そのことを「大和」の艦上においてイヤというほどあじわう。

戦艦「陸奥」

昭和十八年六月八日、事件がおきた。戦艦「陸奥」が沈没したのである。このことは戦後に知った。戦闘ではない。事故であった。

「陸奥」は「長門」型戦艦の二番艦である。大正十年（一九二一年）に完成した。一番艦の

「長門」とともに日本海軍の象徴として国民に愛された。「長門」と「陸奥」は、建造された当時、世界最大の主砲をもち、世界最強であった。

まえにも述べたが、太平洋戦争中、「大和」や「武蔵」は無名であった。対米戦の最終兵器として隠されていたため、「大和」らの存在は海軍関係者が知っているだけで、国民はだれもしらなかった。

「大和」が無名であったもうひとつの理由に活躍しなかったこともあげられる。戦時中、零戦を知らない国民は一人もいなかった。零戦は太平洋戦線を縦横無尽に飛びまわって大活躍した。空の零戦とはちがい、海の「大和」はあばれることができなかった。そのため、軍部も宣伝する機会をうしなったのだろう。無名のまま戦後をむかえた。

戦艦「大和」の名がひろまったのは終戦後しばらくたってからである。いまや知らぬ人がないこの戦艦が、戦時中、日本人のあいだで知られていなかったという事実は、いまでもあまり一般的ではない。

それに対し、大正時代に完成した「長門」と「陸奥」は、国威発揚の施策として、「日本海軍が有する世界一の戦艦」と学校の教材となったり、さかんに軍部が喧伝したため、国民の人気をあつめていた。

太平洋戦争当時、こどもたちがあこがれた軍艦といえば「長門」と「陸奥」であった。「大和」や「武蔵」ではない。

「陸奥」は、昭和十七年（一九四二年）六月五日におこなわれたミッドウェー海戦に参加したが、他の戦艦と後方にいただけでおわった。そのあとも出撃する機会がないまま時間が経過した。そして、広島湾沖の柱島泊地に停泊していたとき、とつぜん、「陸奥」が煙を噴きあげて爆発し、船体がまっぷたつに折れた。一瞬の出来事であった。

やがて、「陸奥」は水のなかに姿を消した。

記録によると、このとき陸奥には一四七四人が乗艦していた。助かったのは三五三人であった。一〇〇〇人以上の若者たちが一瞬で死んでしまった。事故の原因は、現在にいたるまでわかっていない。

戦艦「陸奥」の履歴をのせておく。

昭和七年（一九一八年）六月一日、八八艦隊計画の二号艦として、横須賀海軍工廠で起工。

昭和九年（一九二〇年）五日三十一日、進水。

昭和十年（一九二一年）十月二十四日、竣工。

昭和十七年（一九四二年）五月二十九日　ミッドウェー海戦に参加。敵と交戦なく六月六日に帰投。

昭和十八年（一九四三年）六月八日、柱島沖で爆沈。

昭和十八年（一九四三年）九月一日、除籍。

「陸奥」は世界屈指の戦艦であった。しかし、まったく戦闘の機会がないまま沈んでしまった。「陸奥」とともに亡くなった一〇〇〇人以上の将兵たちも、無念であっただろう。

## 卒業

まもなく兵団教育がおわる。無事、卒業できることはうれしいことであった。しかし卒業すると戦場にゆく。わたしは師範徴兵の三期生である。師範徴兵一期生、二期生の多くが戦死した。自分だけが無事でいるとはおもえない。卒業がちかづくにつれて、卒業のよろこびはうすれ、不安がつよくなっていった。

昭和十八年六月三十日、海兵団の卒業式をむかえた。式の前に卒業生の配置先が発表された。わたしは、戦艦「大和」の乗艦を命ぜられた。

同期たちから羨望の声があがった。わたしも自分の幸運におどろいた。自分が世界一の軍艦にのれるのである。

わたしは、海兵団にいるあいだに、「大和」という世界一の艦があるらしい、という噂を聞いた。くわしくはしらない。見たこともない。どんな船なのかまったくわからない。「大和」は、まぼろしの戦艦であった。

わたしが「大和」乗艦を命ぜられたのは、もと教員だったからである。

師範徴兵の一期生、二期生は、駆逐艦や巡洋艦に乗り、そのほとんどが死んだ。そこで海軍は、戦後の教育をになう教員たちの犠牲をできるだけ少なくするため、なるべく頑丈な戦艦に乗せ、教員の死亡率をさげようした。そのため、われわれ師範徴兵三期生は、全員、戦艦（「大和」「扶桑」「伊勢」「日向」「八雲」、その他）にのった。しかし、これがより多くの死者をだすことになる。
戦局はこのあと大きく転換し、マリアナ沖海戦、レイテ沖海戦、沖縄特攻とつづく。そのつど戦艦は連合軍の空爆にさらされ、つぎつぎと海にきえた。そして、軍艦にのった師範徴兵たちのほとんどが死んだ。

大竹海兵団　　昭和 18 年 7 月 1 日
海軍師範徴兵第 3 期生の各艦への配乗割当表

| 艦名 | 員数 | 艦名 | 員数 |
|---|---|---|---|
| 大和 | 114 | 日向 | 78 |
| 扶桑 | 83 | 八雲 | 8 |
| 伊勢 | 84 | その他 | 17 |

大和に乗艦した師徴兵の出身県別一覧
20，4，7 現在

| 出身県 | 生存 | 戦死 | 出身県 | 生存 | 戦死 | 出身県 | 生存 | 戦死 |
|---|---|---|---|---|---|---|---|---|
| 岐阜 | 0 | 七 | 和歌山 | 二 | 一〇 | 鳥取 | 一 | 四 |
| 愛知 | 一 | 一六 | 大阪 | 〇 | 一〇 | 広島 | 二 | 一二 |
| 三重 | 二 | 六 | 兵庫 | 五 | 九 | 山口 | 〇 | 九 |
| 奈良 | 一 | 七 | 鳥取 | 〇 | 六 | 岡山 | 一 | 三 |

114 人中、戦死 99 人

師範徴兵に対する海軍の配慮は、なんら意味をなさなかった。「大和」に乗艦したわたしの同期は一二四名いた。

そのうち、終戦後まで生存したのは一五名である。生存率は七・六パーセントであった。

「大和」

すべての行事が終了すると、衣嚢をもち、大竹海兵団をでた。卒業生がぞろぞろと大竹駅までゆき、そこから指定された軍港にむかった。おなじ分隊からは、太田幸雄、大橋一次、永井泰真、星野義明、中井利次が「大和」乗り組みを命ぜられた。

駅で同期たちとわかれ、呉ゆきの列車にのった。当時、「大和」は呉港に停泊し、整備をしていた。わたしは列車にゆられながら、まだみぬ「大和」をおもい描いた。

呉駅についた。夏の陽にあぶられながら、指定された桟橋にむかった。当時、世界屈指の軍都であった呉の街は、大変なにぎわいであった。われわれは衣嚢を肩に軍港にいそいだ。街をぬけると空がおおきくひろがった。海がちかい。港内にはいった。桟橋はもうすぐだ。われわれは自然に駆け足になった。

桟橋にたち、港内をみわたす。大小さまざまな艦船が停泊している。そのかずの多さにおどろいた。その艦の間を、各艦専用の内火艇が白い波のうねり文様を海面に描きながらはしっていた。

岸辺にあるドックをみると溶接の火花がとび、けたたましい機械音や金属がぶつかりあう衝撃音が鳴り響いていた。海戦で傷ついた艦船を修理しているのだろう。

「大和」用の内火艇をみつけた。新兵たちが桟橋にならんだ。いよいよ乗艦である。（わたしたちの顔は緊張でこわばっていた。

桟橋から内火艇にのった。めざすは呉軍港のぬし「大和」である。

艇は加速し、大きくローリング（横ゆれ）とピッチング（縦ゆれ）をする。舟によわい者ならすぐに船酔いをするだろう。そうおもって同期たちの顔をみる。大丈夫そうだ。

それにしてもすごいかずの艦船である。大きさも種類もさまざまで、軍艦の展覧会のようであった。水兵たちの運命は、どの船にのるかによってきまる。

（これからわれわれは、自分の命を「大和」にのせ、航海する）

命をあずける船は、大きければ大きいほど安心である。おびただしい数の大小の艦船をながめながら、あらためて「大和」にのれる幸運をかみしめた。

「大和」は巨艦であるため水深が深い沖に停泊していた。相当の距離をはしった。

「大和」が、みえた。

「でかい」

たれかが声をあげた。たしかにでかい。艦というよりも大きな島にみえた。

（あれにのれるのか）

とうてい沈みそうにない。そう思うと、なんともいえない安心感をもった。

「大和」の特徴は優美さにある。軍艦特有のゴツゴツとしたところがない。

（これが戦艦だろうか）

と、そのスマートな艦体に目をみはった。

銀ネズミ色の巨体が夏の日差しにまばゆくかがやいている。

「すごいなあ」

わたしも声をあげた。

## 乗艦

艇がちかづいた。「大和」がますます大きくなってくる。

全体を見わたすためには、首を左右いっぱいにまわさなければならない。艦首に菊の御紋章と旗がみえる。錨鎖投入口がある。そこから大和坂といわれる優美な波状形の甲板ラインがつづく。中央部には各砲塔がある。そこから顔をあげて、探照灯、測距儀、電探とみてゆき、檣楼《しょうろう》のいちばん上をみあげた。ひっくりかえりそうになるほど高い。

「七万トンの要塞」といわれた世界一の戦艦は、巨大で、堅牢で、うつくしかった。

ふと気づくと、興奮のため全身に鳥肌がたっていた。

やがて、内火艇が左舷の舷梯《げんてい》についた。乗艦である。軍艦が停泊すると、乗り降りのため、右舷と左舷に昇降階段がでる。これを舷梯という。右舷は士官（少尉からうえの階級）が利用し、それ以下の兵は左舷をつかう。舷梯をのぼってゆくと艦の玄関となる舷門《げんもん》があり、舷門をくぐると甲板にでる。舷門には番兵のほか、当直将校、副直将校、衛兵伍長、伝令などが来艦者に対応する。われわれ新兵も最初はかれらのお世話になった。

わたしは内火艇から舷梯にうつり、階段をゆっくりとのぼりはじめた。自分が歩いているのはあの「大和」なのだ。そう思うのだが実感がわかない。階段をのぼり舷門をぬけた。眼のまえに甲板がひろがった。

（ひろい）

同期たちも呆然としている。見あげると「大和」の主砲が覆いかぶさるように迫ってくる。すさまじいばかりの巨砲である。

（こどもたちをつれてきたいなあ）

川で一緒にあそんだときの教え子たちの顔をおもいだした。できることならあの子たちに見学させてやりたい。この甲板であそばせてやれば大喜びするだろう。そんなことを考えながら中央部をみあげた。「大和」の中央部には艦橋と煙突があり、その周辺には、副砲、高角砲、機関銃、探照灯があつまっている。甲板からみおろすと海面がはるか下にある。港がとおい。「まぼろしの艦」といわれた「大和」の甲板に今、自分がたっている。そのことがまだ信じられない。

「大和」は、すばらしい近代兵器をおしみなく搭載した不沈艦であり、日本海軍のたれもが夢に見るあこがれのふねであり、世界中の海軍兵士から羨望されるふねであった。

われわれは夢うつつのまま整列した。下士官と兵長がまえにたった。新兵たちをひきとりにきたのである。

「つぼいへいじ」

わたしの名前がよばれた。

「はい」

大声で返事をした。わたしの艦隊勤務がはじまった。

「大和」誕生まで

「大和」ができるまでの経緯を簡単に書いておく。

大正三年（一九一四年）から七年（一九一八年）にかけて第一次世界大戦が勃発した。戦いの主戦場はヨーロッパであった。戦闘を強いられた欧州の各国は消耗した。日本とアメリカは勝者となった連合国側にいながら戦闘に参加しなかった。このため国力を温存することができた。

第一次世界大戦がおわると、日本は軍事力の強化をはじめ、

――戦艦を八隻、巡洋戦艦を八隻
とする計画をたてた。これが「八八艦隊計画」である。

さらに日本は、敗戦国となったドイツが占領していた太平洋の島々をつぎつぎと日本領にしていった。アメリカは日本のうごきを警戒し、日本に対抗して三年艦隊計画（ダニエルズプラン）をうちだし、新艦の建造をいそいだ。

そして、日米にひきずられるように、ヨーロッパの各国も戦艦の増強に国力を注がなければならなくなった。世界規模の建艦ラッシュがはじまった。経済の負担は各国の予算を圧迫し、このまま軍事費が増大すると国家が破綻する、という事態になった。

そして、アメリカの提案により、戦勝国五カ国（アメリカ、イギリス、日本、フランス、イタリア）が軍備を縮小することになった。これが「ワシントン会議」である。

この時代の軍事力は、戦艦を何隻もつかによってきまった。当時の戦艦は、今の「核」に相当する。核爆弾の開発には莫大な費用がかかる。危険も大きい。そのため国際会議をひらき、各国がもつ核の保有数をきめている。大正時代にひらかれた「ワシントン会議」もそれとおなじである。この会議は、大正十年（一九二一年）十一月から三ヶ月間おこなわれた。

ワシントン会議によって建造競争がとまった。世界は「海軍休日」といわれる時期にはいった。

つづいて、昭和五年（一九三〇年）一月からロンドンで海軍軍縮会議がひらかれた。この会議でアメリカの海軍力を一〇〇としたとき、日本の戦力は、補助艦（空母、駆逐艦、潜水艦）は約七〇、巡洋艦は六二とすることにきまった。この会議の決定によって「大和」がうまれた。戦艦のかずが減らされたのであれば、ひとつの艦で三艦、四艦の力をもつ軍艦をつくればいい。そのためには巨砲を積むことができる頑丈な軍艦をつくる必要がある。その船で敵の弾がとどかない海域から巨弾をうつ。そうすれば敵艦をことごとく沈めることができる。これが「アウトレンジ戦法」である。このためにつくられたのが「大和」と「武蔵」である。

ある。

設計は昭和九年からはじまり、昭和十二年十一月四日、呉港の造船所において建造がはじまった。昭和十五年八月八日に進水式がおこなわれ、完成は昭和十六年十二月十六日であった。昭和十六年十二月八日の真珠湾攻撃から八日後に「大和」は誕生した。「大和」は、僚艦である「武蔵」とともに、絶対にしずまない「不沈艦」であると信じられた。

のちの話しになるが、「レイテ沖海戦」において「武蔵」は沈没する。「武蔵」をしずめたのは「魚雷」だった。

「武蔵」の甲板は防御が徹底されており、鉄板が五〇センチ以上ある。そのため大口径の砲弾や大型爆弾にも耐える。「武蔵」の甲板を打ち砕くことは、膨大な戦力をもつ米軍といえどかんたんではない。その「武蔵」が両舷への魚雷攻撃で海中に没した。

これによって、甲板からうえは堅牢であるが、横っ腹の鉄板は以外にうすいことがわかった。「武蔵」と「大和」の構造は同じである。ならば「大和」も魚雷には弱いはずだ。と、アメリカは気づいた。

そして「大和」は、沖縄特攻のとき、おびただしいかずの魚雷をうちこまれる。

「大和」の弱点を米軍におしえたのは姉妹艦の「武蔵」であった。

しかし、わたしが「大和」にのった当時は、この艦が沈むなどとは誰も考えなかった。このときはただ、この艦にのれることの幸運をよろこぶばかりだった。

居住区に案内された。わたしの居住区は中甲板であった。室内はひろい。個人用のロッカーもある。中央にはテーブルがおかれている。ハンモックではなく寝台であった。部屋のなかはエアコンが効いて、涼しい風がはいってくる。一流ホテルそのものであった。扇風機すらなかった田舎育ちのわたしは、こんなに快適な空間で生活をしたことがない。

（なるほど。みな「大和」にのりたがるわけだ）

あらためてこの艦にのれるよろこびをかみしめた。

この当時、よくいわれたのが、「武蔵御殿」と「大和ホテル」である。「大和」と「武蔵」という巨大艦は、移動する海の要塞であるとともに、第一級のホテルであった。「大和」の水兵たちは、この部屋で鋭気をやしない、いざ戦闘となれば甲板にとびだしてゆくのである。

すこし、おちついてきた。

わたしを舷門からここまで案内してくれた班長は上出定光海軍二等兵曹であった。上出班長は、艦内生活の要領や注意についてやさしい口調で話してくれた。そのあと、わたしを班員のところまでつれてゆき、みなに紹介してくれた。わたしはふかぶかと頭をさげて先輩たちにあいさつをした。

顔あわせがおわったあと、身辺整理の時間をすこしもらい、それから上出班長の案内で艦内をみてまわった。これが「大和旅行」である。恒例行事であった。

艦内はとにかくひろい。みるものすべてがめずらしく新鮮だった。スタスタとあるく班長のあとをキョロキョロしながらわたしが追う。「大和」の内部はひろいだけではなく、迷路のように複雑にいりくんでいる。いまひとりで歩いたら絶対にもとの場所にもどれない。戦闘がはじまり、「配置ニツケ」の号令がかけられたとき、どっちにゆけばいいのかわからないようでは話しにならない。「大和」の構造を知ることが、われわれ新兵の最初の仕事だった。

## 「大和」の概要

はじめて「大和」に乗って航海をしたとき、

（こんな大きなふねが、こんなはやさではしるとは）

とおどろき、甲板に呆然と立ち尽くしたことをおぼえている。

球状の艦首が波をきってすすむ。威風堂々、すばらしい海の王者、巨大な鉄の要塞、まるで大地が波をきってすすんでいるようであった。

「大和」の性能について、ざっと載せておく（次ページ表）。

装甲は厚く、「大和」自身の主砲の弾丸に耐えられるようにつくられている。

そのため、世界一の主砲をもつ「大和」は、世界中のどの軍艦の主砲が命中しても破壊されないだけの装甲をもっていた。その厚さは、舷側甲板四一センチ、中甲板二〇センチ、砲塔五六センチ、司令塔五〇センチである。これは、二〇〇キロの急降下爆弾や投下された一〇〇〇キロ爆弾に耐える。

間接防御としては、浸水に耐えるように防水区画を多くし、浸水範囲を最小限にする工夫がされていた。艦首は球状艦首をつかい、艦体への抵抗をすくなくした。建造費は一億六〇〇〇万円である。

戦艦は、艦隊の主力である。「大和」は、四六センチの巨砲が九門ある。どこの国のいかなる戦艦とたたかってもそれを破壊することができた。どこの国のいかなる戦艦の砲弾にも耐えることができた。「大和」は、艦対艦のたたかいであれば、無敵であった。

| | |
|---|---|
| 全長 | 二六三メートル |
| 最大幅 | 三八・九メートル |
| 高さ | 四〇メートル |
| 深さ | 一八・九メートル<br>※キールラインより最上甲板側線まで |
| 排水量 | 公試＝六九・一〇〇トン |
| 全速力 | 二七・四六ノット（一五〇〇〇〇馬力） |
| 重油量 | 六〇〇〇トン |
| 兵装 | |
| 主砲 | 四五口径、四六センチ＝九門<br>最大射程　四一・四〇〇メートル |
| 副砲 | 五五口径、一五・五センチ＝一二門<br>発射速度、毎分七発<br>一門一五〇発搭載<br>最大射程　二七〇〇〇メートル |
| 高角砲 | 四〇口径、一二・七センチ＝一二門 |

しかし、すでに大艦巨砲の時代はおわり、航空機の時代がはじまっている。世界にさきがけて、海戦でもっとも有効な武器が航空機であることを証明したのは、日本であった。真珠湾攻撃で米軍のハワイ基地を破壊し、マレー沖海戦では、英国の主力戦艦を二隻も沈

| | |
|---|---|
| | 一〇秒毎に発射 |
| 機銃 | 二五ミリ＝二四門 |
| | 一三ミリ＝四門 |
| | 発射速度、毎分二三〇発 |
| | 全部で一分間、約五〇〇〇〇発可能 |
| 測距儀 | 一五メートル測距儀、四基 |
| | 一〇メートル測距儀、一基 |
| | 八メートル測距儀、二基 |
| 電波探知機 | 五組 |
| 水中聴音器 | 一組 |
| 探信儀 | 一組 |
| 水上偵察機 | |
| 観測機 | 六機 |
| 射出機 | 二基 |
| 探照灯 | 一五〇センチ探照灯六台 |

めた。以後、攻撃の主力は航空母艦と艦載機になった。

「大和」と「武蔵」が完成したのは、真珠湾攻撃のあとである。「大和」と「武蔵」は、その誕生のときすでに時代の波からおくれていた。

## 五番高角砲塔

わたしは「大和」の高角砲分隊（五分隊）に配置となった。階級は、海軍一等水兵である。

「大和」には、艦の中央部の両側に高角砲六基（一二門）がある。右舷の艦首側から、一番、三番、五番、左舷の艦首側から、二番、四番、六番と番号がついていた。いずれの高角砲にも、主砲の爆風、あるいは敵の砲弾や爆弾からまもるために特殊甲鉄板の覆いがある。

「大和」の高角砲は二連装である。この高角砲塔は、わたしが乗艦した当時は、右舷に三基、左舷に三基だったが、昭和十九年初め、副砲二基を撤去し、高角砲六基を増設した。したがって、マリアナ沖海戦のときには、高角砲は、右舷に六基、左舷に六基となった。また、乗艦兵も、わたしがのった当時は約二五〇〇人だったが、レイテ沖海戦のあとは三三三二名に増員された。

わたしは五番高角砲員となった。五番高角砲塔は「大和」の右側にあった。このためわたしは生きのこった。右舷中央部の煙突のやや後部がその位置である。

沖縄特攻のとき「大和」は左舷に魚雷攻撃をうけ、左に傾斜しながらしずんだ。

わたしの砲塔が左にあったら助からなかっただろう。

高角砲は一二・七センチ砲である。これは航空機に対する攻撃を専門とする火砲である。砲身は上下にうごく。砲塔は左右に回転する。これであらゆる角度に射撃できる。砲塔のなかには一二人はいる。そのうち外をみることができるのは、射手、旋回手、伝令だけである。他の者はせまい金属の箱のなかにいる。砲塔内には、射手、旋回手、伝令、信管手がいる。二〇代の一二人の若者がひとつの砲塔内で運命をともにするのである。

## 軍靴の青春

わたしは信管手になった。信管手は、砲弾のあたまにとりつけられた信管のタイムをセットする担当である。

指揮所が計測した敵機の位置、方向、距離が連動式におくられてくる。それとどうじに受信盤の指示針がうごき秒時をあらわす数字をしめす。これをみて信管手はハンドルを操作し、指示針のうごきをおって追針をピタリあわせなければならない。一番砲手が弾丸を装填する。

そのタイミングといかにあわせるか。ここが信管手のうでのみせどころであった。

われわれの戦場となる砲塔内は円形のひろい空間になっている。このため、この空間をじぶんたちの居住区とすることがおおかった。わたしが乗艦した昭和十八年以降は、戦局が逼迫し、警戒態勢がおおかった。このため、居住区でのんびりする時間はほとんどなく、砲塔内で過ごすことが多かった。

わたしにとって五番砲塔は生活の場であり、仕事場であり、場合によってはひつぎとなる。運命を託した空間であった。


夢中のときがながれた。訓練の毎日だった。

わたしは先輩たちにめぐまれた。愚劣ないじめや苛烈な私的制裁をうけることなく、技術と知識を身につけていった。一ヶ月をすぎると生活に余裕ができてきた。あいた時間をつかって「大和」のなかをみてまわることもできるようになった。

あるとき、ふいに艦橋にのぼってみようとおもった。のぼり用のラッタル（はしご階段）を上へ上へとのぼってゆく。防御指揮所のあたりまでいっただろうか。甲板から二〇メートルくらいの高さである。海風がつよい。展望がよい。下を見ると眼がまわりそうだ。甲板にいる水平たちがアリのようである。世界一の主砲もここからみると一メートルほどの鉄棒にみえる。わたしはあまりの高さに足がすくみ、それから上にのぼることを断念した。

ラッタルを降りた。艦橋をおりて煙突のほうにいってみた。煙突は前檣楼のうしろにある。

一二基の主罐の煙路を一本にあつめたものである。うしろに傾斜したかたちをしている。この傾斜した煙突が「大和」のシンボルになっていた。煙突の開口部にある蜂の巣甲板は、厚さ三八センチの甲鉄板に、直径一七センチの孔を無数にあけたものである。弾や弾片が煙突内におちないように工夫されたものらしい。世界ではじめて使用されたと聞いている。

煙突にちかよると、ゴーウ、ゴーウという地の底からひびくような不気味な音が聞こえる。活火山の火口にいるような気がした。意外にも煙突の周辺は快適であった。風が吹くし、ながめもいい。腰をおろして彼方に眼をやった。

「ふるさとのみんなは元気だろうか」

子供たちのことや密かに恋をした先生の顔を思い浮かべた。

「栄子先生はどうしているだろうか。校長先生からよく注意をうけるとこぼしていたが……」

尽忠報国は国民の義務である。すでに多くの友人たちや先輩たちも死んだ。自分も国のために戦い、死ななければならない。そのことに悔いはない。悔いはないはずなのだが、こうしていると心はみだれ、迷いが生じる。

吹き抜ける風を肌にうけながら、

(自分の青春は、いったい、なんだったのだろうか)

と哀しみにしずんだ。

人は単純ではない。いくら義務だ滅私奉公だと教育されても、自分自身でそう言い聞かせても、一度しかない人生を戦争のために使いきることに納得できない。

（ふるさとにもどって教師をつづけたい。栄子先生にあいたい）

つよい思いが、心の底からつきあげてくる。

わたしは、「大和」の煙突の脇にすわり、戦争のつらさを一人かみしめていた。

# 第四章　遥かなる戦線

## クラ湾夜戦（昭和十八年七月六日）

ニューギニア島の直近にニューブリテン島がある。この島にラバウル基地がある。ニューブリテン島のとなりにはブーゲンビル島があり、そして、ベラ・ラベラ島↓コロンバンガラ島↓ニュージョージア島とならんでいる。いずれも大小の飛行場がある。

昭和十八年七月五日、ニュージョージア島に連合軍が上陸した。ニュージョージア島からニューブリテン島（ラバウル基地）まで約八〇〇キロである。日本はラバウル基地をうしないたくない。ニュージョージア島のクラ湾から約一〇キロ先にコロンバンガラ島がある。日本は連合軍をくいとめるために、コロンバンガラ島に兵力を輸送した。しかし、すでこの海域の制空海権はない。昼間、輸送船が海上を走ればことごとく海にしずめられる。

日本の輸送は、ガダルカナル島でおこなった駆逐艦による夜間輸送しかない。駆逐艦乗りたちが「ネズミ輸送」と自嘲した方法である。

コロンバンガラ島へのネズミ輸送がはじまった。これを察知した連合軍が攻撃を開始した。そしておこなわれた海戦が「クラ湾夜戦」である。

昭和十八年七月六日、クラ湾内で輸送中の日本の駆逐艦一〇隻とアメリカ水上部隊（巡洋艦三隻、駆逐艦四隻）が海戦にはいった。この戦闘により、日本の駆逐艦二隻沈没、駆逐艦四隻損傷、アメリカの巡洋艦一隻が沈没した。

日本の兵隊たちはコロンバンガラ島に上陸し、物資も揚陸した。

「大和」や「武蔵」の将兵は出番をまちのぞんでいた。しかし、この時期の海戦は、日本から五〇〇〇キロ以上離れた海域でおこなわれていた。日本の巨艦たちがまつ海戦は、いまだ遠かった。

## 静かなる航海

「兵力の逐次投入」は戦争の禁忌である。ガダルカナル島からはじまったソロモン諸島の大小の戦いにおいて、日本はこの「兵力の逐次投入」をくりかえした。日本の兵力はかぎられている。そのかぎられた兵力が分散され、南海の空と海と地上で消耗した。人がどんどん死んでゆく。その多くが若者たちであった。

コロンバンガラ島への輸送は成功した。しかし連合軍の戦力は圧倒的であり、とても支えきれない。

そのため、さらに日本は駆逐艦でコロンバンガラ島へ日本兵を運び、上陸させた。この駆逐艦による夜間輸送に、巡洋艦（一隻）が護衛についた。駆逐艦の護衛に巡洋艦がつくという現状が、日本のくるしさをあらわしている。

この護衛の艦隊に、連合軍の水上部隊（巡洋艦三隻、駆逐艦一〇隻）が攻撃した。これが「コロンバンガラ夜戦」である。

この結果、日本の巡洋艦が沈没、アメリカの駆逐艦一隻が沈没、ニュージーランドの巡洋艦とアメリカの駆逐艦二隻が損傷した。輸送はうまくいった。しかし日本は、貴重な巡洋艦をうしなった。

昭和十八年七月二十八日、アリューシャン列島のキスカ島から日本の守備隊が撤退した。

キスカ島は、守備隊（山崎保代陸軍大佐以下約二四〇〇人）が全滅したアッツ島のとなりにある。北の海域の制空権、制海権ともアメリカがにぎっている。キスカ島は完全に孤立し、全滅をまつばかりであった。そこに、木村昌福《まさとみ》少将（軽巡洋艦「阿武隈」座乗）を指揮官とする一一隻の駆逐艦が救出にむかった。成功の可能性は低いとみられていたが、濃霧を利用した決死の救出劇がおこなわれ、第一水雷戦隊の将兵たちの活躍により守備隊（約六〇〇〇人）を無事に撤退させた。

これが「キスカ島撤退作戦」である。「奇跡の作戦」といわれている。

日本が占領していた北のアリューシャン列島は、完全に米軍の所有に帰した。南ではソロモン諸島がつぎつぎと連合軍にうばわれている。

連合艦隊司令部は、昭和十八年八月十五日、「大和」を主艦とする連合艦隊により「全作戦支援、邀撃待機」を宣言した。昭和十八年八月十七日、連合艦隊は、呉港を出発し、トラック島にむけて出発した。

この時期、連合艦隊は、トラック島やトラック島の北東にあるブラウン島にむけてさかんに航海をした。

激戦地のソロモン諸島から遠く離れた海で航海をくりかえしたのは示威行動であった。この海域には「大和」がいるということを示し、敵に脅威をあたえ、連合軍のうごきを牽制しようとする狙いがあったようだ。

ソロモン海域の地獄の戦場とは異なり、「大和」はしずかな海の生活をつづけていた。

わたしの「大和」の記憶は、ほとんどが航海である。戦闘に費やした時間は、ごくわずかだった。昭和十八年の夏も航海がつづいた。

ブーゲンビル海戦

ブーゲンビル海戦（昭和十八年十一月二日）は、日本海戦史において重要な意味をもつ。以下、それにいたるまでの経緯を簡単に書く。

昭和十八年八月六日、日本の駆逐艦四隻がコロンバンガラ島に軍隊、補給品を輸送中、ベラ湾（コロンバンガラ島とベラ・ラベラ島の間の海域）において、アメリカの駆逐艦六隻と戦闘にはいり、日本の駆逐艦三隻が沈没した。これが「ベラ湾海戦」である。

　このあとも日本軍はコロンバガラ島に兵力をあつめ、連合軍をまちかまえた。

　しかし連合軍は、ニュージョージア島に上陸（昭和十八年七月五日）したあと、コロンバンガラ島をとびこし、昭和十八年八月十五日、ベラ・ラベラ島に上陸した。いわゆる「カエル跳び作戦」である。上陸戦を少なくすることにより、兵力の消耗を避けたのである。ベラ・ラベラ島に上陸した連合軍は約六〇〇〇人である。それに対し、日本守備隊は約六〇〇人であった。日本軍はまたたくまに壊滅し、上陸した連合軍は飛行場の建設をはじめた。

　日本は連合軍の侵攻をくいとめるため、ベラ・ラベラ島の兵力を強化しようとした。

　昭和一八年八月十八日、ベラ・ラベラ島に兵力を揚陸中、沖で護衛していた日本の駆逐艦四隻とアメリカの駆逐艦が戦闘し、日本の駆逐艦一隻が損傷した。これが「第一次ベラ・ラベラ海戦」である。

　昭和十八年八月二十三日、「大和」がトラック島についた。トラック島において、われわれが訓練と整備におわれていたころ、ベラ・ラベラ島が戦闘の舞台となっていた。

　日本は、ベラ・ラベラ島に生存する日本兵の救出をするために、昭和十八年十月六日、

　　夜襲部隊（駆逐艦六隻）
　　輸送部隊（駆逐艦三隻）
　　収容部隊（駆潜艇五隻、艦載水雷艇三、大発一）

で出撃した。

　連合軍は迎撃のため、駆逐艦三隻がベラ・ラベラ島沖へむかい、戦闘が開始された。この

戦いにより、日本の駆逐艦一隻が沈没、アメリカの駆逐艦一隻が沈没した。部隊の撤退は成功した。これが「第二次ベラ・ラベラ海戦」である。

ニュージョージア島とベラ・ラベラ島を連合軍にうばわれた。南太平洋最大の日本軍基地であるラバウル（ニューブリテン島）まであと一歩となった。

昭和十八年十一月二日、連合軍がブーゲンビル島に上陸した。同日、敵の上陸を阻止するためにラバウル基地が危機的状況におちいった。この逆上陸部隊を掩護するために、陸兵を満載した輸送船がラバウルを出港した。海軍も残存兵力のすべてを投入し、護衛にあたった。必死の抵抗がはじまった。

海軍の編成は、指揮官、大森仙太郎海軍少将、重巡洋艦二隻、巡洋艦二隻、駆逐艦六隻であった。

日本の艦隊は、「敵の上陸地点の海域（エンプレス・オーガスタ湾）に突入し、敵艦隊を攻撃せよ」という命令をうけていた。これが「艦隊による殴り込み作戦」である。

のちにレイテ沖海戦という、世界戦史上最大の海戦がおこなわれる。このとき日本は、「大和」らの戦艦をレイテ湾に突入させ、敵の上陸部隊あるいは上陸を支援する艦船を砲撃し、これを殲滅しようとした。「捷一号作戦」といわれるこの作戦の原型となったのが、ブーゲンビル海戦における艦隊突入命令であった。

## ブーゲンビル島の虚報

夜になった。深夜、ブーゲンビル島をめざし、日本の輸送船と日本艦隊が出撃した。しかし、この日は深い霧をともなった雨がふったため、艦橋にいる見張り兵の視界がきかない。アメリカ軍には優秀なレーダーが装備されている。日本軍は、逆上陸は困難と判断し、輸送船は引き返した。

しかし、大森少将ひきいる艦隊には、

「湾内突入、砲撃開始、敵を殲滅せよ」

との命令がくだされた。大森少将は、命令を実行した。

夜のブーゲンビル島の沖ではげしい砲撃戦がはじまった。

米艦隊（巡洋艦四隻、駆逐艦八隻）は日本の魚雷攻撃を警戒し、二万メートルの距離をとりながら砲撃を開始した。この距離では、日本海軍の光学照準器での照準はできない。そのため、重巡洋艦に搭載されている二〇センチ砲もつかえない。

米艦隊は、レーダーをつかって日本艦船の位置を正確につかみ、複雑な艦隊行動をしながら電探射撃をおこなった。レーダーに導かれた砲弾は正確に日本の軍艦に命中した。

日本艦隊は視界がきかない海上において、どこからともなく飛んでくる砲撃にさらされ、混乱した。そして、駆逐艦「白露」と駆逐艦「五月雨」が衝突して損傷し、さらに重巡洋艦「妙高」が駆逐艦「初風」と衝突し「初風」の艦首がちぎれるという事態までおこった。

このあとも双方の艦隊運動はつづけられた。日本の損害がふえた。

早朝、霧が晴れはじめ、視界がきくようになった。ここでようやく日本側も反撃し、魚雷攻撃と砲撃により米艦隊に損傷をあたえた。

米艦隊は損害がふえることをおそれ、煙幕をはって待避した。日本艦隊も空襲をおそれてラバウル基地に帰投した。

この海戦により、日本の巡洋艦一隻、駆逐艦一隻が沈没、重巡洋艦二隻、駆逐艦一隻が損傷した。これに対し、アメリカの損傷は巡洋艦一隻と駆逐艦二隻の損傷だった。

突入作戦は失敗であった。しかし、日本艦隊はこの海戦の戦果を過大に報告した。このため「艦隊による殴り込み作戦」が有効な戦術であると認識された。

これがのちの「捷一号作戦」になり、「沖縄特攻」につながってゆく。

それが作為あってのことなのか、あるいは過失によるものなのかはわからない。しかし、事実とは異なる報告をしたことが、このあとの無謀な作戦の展開に連結していったのである。事実をありのままに報告することの大切さ。まちがった報告により意思決定されてゆくことのおそろしさ。このことを太平洋戦争はわれわれにおしえてくれている。

## 墓　島

ブーゲンビル島には六万人以上の日本兵がいた。米軍が上陸した昭和十八年十一月一日から戦闘がはじまり、その後、オーストラリア軍にひきつがれた。

連合軍の主力（アメリカ軍）はフィリピンにむかい、戦線は遠くに去った。それにともなってブーゲンビル島の日本兵に対する補給は完全になくなった。

ガダルカナル島では一万人以上の将兵たちに対する必死の救助があったが、ブーゲンビル島やニューギニア島の戦いからは、組織的な救助活動がおこなわれることはなかった。兵力の投入はするが、補給もせず、撤退もさせない。そしてつぎの戦線にあたらしい将兵たちを投入する。日本兵たちが「使い捨て」状態になったのは、この時期からである。

この島に放置された陸軍の兵たちは、深いジャングルのなかで飢え、病に斃れた。

オーストラリア軍による掃討はつづいたが、生きることに精一杯で戦うどころではなかった。ブーゲンビル島に配置された六万人以上の将兵のうち、二万人以上が死んだ。かれらの死因は、餓死あるいは飢えと病気による衰弱死であった。そのほとんどが二〇代であった。

義務として国に召集され、戦線にはこばれた。そして、ひとつの島で二万人以上の若者たちが飢え死にしたという事実は、いったいどういうことなのか。作戦の齟齬、戦況の悪化、作戦完遂が困難な事態、といった言葉ですむことなのか。

ブーゲンビル島は当時、ドイツ語よみで「ボーゲンビル島」といわれた。そのため、ガダルカナル島の「餓島」に対し、ブーゲンビル島は「墓島（ぼとう）」と呼ばれた。いまなお、この島のジャングルには、数万の遺骨が放置されている。

これはほんの一例にすぎない。太平洋上の島々には、無数の「墓島」がある。

そのことを、いまに生きるわれわれは、けっして忘れてはならない。

昭和十八年十一月五日、ラバウル基地に連合軍が空襲をおこなった。

連合軍は、米空母（空母二隻、防護巡洋艦二隻、駆逐艦一〇隻）をニューブリテン島に接近させ、艦載機による攻撃をおこない、ラバウル基地に停泊していた連合艦隊第二艦隊（重巡洋艦八隻、巡洋艦二隻、駆逐艦八隻）を爆撃し、重巡洋艦四隻、巡洋艦二隻、駆逐艦二隻に損傷をあたえた。

連合軍は、ラバウル基地攻略をおこなわず、マーシャル諸島にむかった。ラバウルにのこった日本の艦隊と航空隊は、トラック島にひきあげた。かつて「要塞」といわれた日本のラバウル基地は、その機能をうしなった。

大和輸送

昭和十八年十二月十二日、「大和」がトラック島を出港した。ゆく先は横須賀だという。この戦況でなぜ、内地にむかうのか不思議におもった。

昭和十八年十二月十七日、横須賀港に入港した。ここではじめて理由がわかった。輸送である。港にいかりをおろしたのもつかの間、陸軍の部隊や物資の輸送をおこなうため、「大和」はふたたびトラック島にむけて出港した。

この時期、太平洋の制海権は、ほぼ連合軍（米国、豪州、英国、オランダ）のものとなり、敵潜水艦が跳梁していた。

「大和」が人員や物資の搬送につかわれたということは、それだけ輸送船が沈められたということである。すでに太平洋のどこであっても安心して輸送できる海域がなくなりつつあったのである。

輸送船が残りすくなくなってきた。攻撃を受けて破損した船があっても、鉄材などの資材が不足して修理ができなくなっていた。窮した日本は、軍艦をつかって輸送する手段にでた。「『大和』なら大丈夫だろう。しずめられないだろう」ということで、大量の物資と多数の将兵をのせ、太平洋を航行した。

それにしても世界一の軍艦を輸送船のかわりにするとは。戦況の悪化をこれほど端的にあらわしていることは他にないであろう。わたしの気持ちは暗くなった。

「大和」の甲板には物資が山とつまれていた。その脇には戦場にはこばれる陸軍の兵たちが騒いでいる。「大和」に乗れたことを喜んでいるのである。このとき輸送された部隊は「独立混成第一連隊」約四〇〇〇人であった。みな若い兵隊たちだった。「大和」の艦上で屈託のない笑顔で仲間とはしゃいでいた。

この部隊がその後どうなったか。簡単に記しておく。

トラック島でおろした陸兵たちは、そのあとラバウルに送られた。

ラバウル基地があるニューブリテン島の西に大小の島が散在している。ビスマルク諸島である。このビスマルク諸島の北側の島々をアドミラルティ諸島という。アドミラルティ諸島には、約一八の島がある。この諸島のうち、日本軍は、マヌス島とロスネグロス島に飛行場をつくり、ニューブリテン島、トラック島、ニューギニア島の中継基地としてつかっていた。

日本は、同年一月二十五日に、アドミラルティ諸島のロスネグロス島にラバウルにいた独立混成第一連隊と海軍の陸戦隊を上陸させた。

すでにこの時期、南太平洋の制海空権は連合軍がにぎっていた。補給もできない南の島に連隊（約三〇〇〇人）規模の部隊を配置することに、どれほどの戦略的な意義があったのか。わたしには理解できない。

陸軍主力はロスネグロス島、海軍主力はマヌス島に布陣した。兵力は夜間、駆逐艦や潜水艦による「ねずみ輸送」によりすこしずつ増え、最終的に日本軍の兵数は約三八〇〇人となった。重火器は数門の歩兵砲と高角砲しかなかったという。

昭和十九年二月二十九日、連合軍が一〇倍の兵力と火力をもって上陸を開始した。日本の守備隊も必死の抗戦をしたが、部隊はまたたくまに壊滅した。生きのこった兵たちもいた。しかし、食糧は尽きていた。深いジャングルに潜伏し、木の実、草の芽、ヘビ、トカゲなどを食べながら命をつないだ。衰弱した体がマラリヤやアミーバ赤痢などの風土病にかかり、ほとんどの兵が死んだ。帰還者は、わずか十数名だった。

「大和」の甲板で笑顔をかがやかせていた若者たちも、遠い南の島の土となった。その後、アドミラルティ諸島は連合国軍の泊地、航空基地として整備され、以後の作戦の重要な拠点となった。

## 被　雷

トラック島にむけて航海はすすんだ。

昭和十八年十二月二十四日の夕方、トラック島の近海まできたとき、ズシーンと海の底から突き上げるような衝撃があった。

わたしはそのとき艦橋のうえにあがっていた。「大和」がゆらぎ、体に衝撃が伝わった。

（なんだろう）

びっくりしておりた。なにかが命中したようだ。

（魚雷か）

背中に冷たいものがはしった。

「配置ニツケ」

という命令がくだった。全員配置についた。みな固唾をのんでつぎの号令をまった。

わたしにとって、このときがはじめての戦闘配置であった。

やはり魚雷が命中したらしい。死人はなし。負傷者もなし。魚雷は一発だった。つぎの攻撃があるのだろうか。艦内に緊張が走る。

しかし、「大和」はなにごともなかったようにそのまま海を進んでいる。

（なにごともないようだ）

わたしは、ホッと胸をなでおろした。

あとで聞いたところによると、敵潜水艦から魚雷攻撃をうけ、主砲第三砲塔右舷に一発が命中した。若干浸水したが、被害が軽微であったためそのまま航行をつづけたという。わたしは上にいたためびっくりしたですんだが、艦内にいて浸水に対応した兵たちは大変だったであろう。

このときの魚雷が、「大和」の被雷第一号であった。

それにしてもさすがに「大和」である。一発の魚雷くらいでは航行に支障がない。

トラック島といえば、連合艦隊の一大基地である。この時期、そのトラック島の周辺も敵潜水艦の巣窟となっていた。中部太平洋の日本軍最大の基地の近海に潜水艦が出没しているということは、太平洋すべての制海権がうばわれつつあるということである。米潜水艦による物理的な損傷は小さかった。しかし、魚雷によって日本海軍が受けた心理的ダメージは大きかったものと思われる。

「大和」はそのまま昭和十九年の正月をトラック島ですごし、昭和十九年一月十六日、損傷箇所の修理と改造工事のために呉軍港にはいり、同年一月二十八日からドック入りした。その間、われわれは兵器の手入れをしたり、船底についた貝がら落としの手伝いをしながら砲戦訓練に汗を流す毎日であった。

## 手　紙

艦内生活で一番うれしいのは内地からとどく手紙である。

昭和十八年の九月ころだっただろうか。トラック島で訓練停泊をしていたとき、わたしのもとに分厚い封筒がとどいた。教え子たちからの便りであった。わたしはうれしさで手がふるえた。急いで封をきった。なかから故郷の香りがしてくるようであった。

なつかしい同僚の先生たちをはじめ、おしえた四〇人のこどもたち、ひとりひとりからの手紙だった。手紙はどれもみじかいものだったが、ていねいな字で、心をこめて書かれたものばかりだった。

「先生、お元気でいますか。いまどこで戦争しているんですか。敵の弾などにあたらないでがんばってください。ぼくたちもみんな元気で、兵隊さんや先生にまけないようにがんばります」

これは、男の子からの手紙だった。

「わたしたちも食べ物が足りないので、校庭にうねを作ってさつまいもを育てています。だから、もう運動会もできません。ざんねんですけど、兵隊さんたちのことを思ってがまんしています。先生もはやく帰るようにしてください」

これは、女の子からの手紙だった。

わずか一年おしえただけだったが、手紙をよむとありありとその子たちの顔がうかぶ。

(なつかしい)

わたしは夢中で手紙を読んだ。

もっともうれしかったのはつぎの手紙である。

「つぼりせんせ　げんきで　てきのへたいとせんそしてますか　きとかならず　かてきてください　ぼくもきとかちます　まていいます」

すこしゆっくりした男の子がひとりいた。わたしは二人で教室にのこり、ひらがなや九九をおしえた。その子からの手紙だった。判読するのに苦労したが、立派な手紙であった。

(こんな手紙が書けるようになったのか)

わたしはうれしくて、涙がにじんだ。

栄子先生からの手紙もあった。わたしは何度も、何度も読み返した。

このときとどいた手紙は、その後も読むたびにわたしを勇気づけ、力を与えてくれた。ふるさとからの手紙は、かけがえのないわたしの宝物となった。

# 第五章　マリアナ沖海戦

## トラック島

昭和十九年二月十七、十八日、大事件がおきた。

トラック島が米軍の空襲により大損害をうけたのである。

昭和十九年一月末から二月にかけて、米軍は、マキン、タラワの日本守備隊を壊滅させ、一挙に、ギルバート、マーシャル諸島に押し寄せ、ルオット、クェゼリンなどの岩礁に配置されていた日本軍守備隊を全滅させた。そして、日本の真珠湾といわれ、難攻不落を誇っていたトラック島に兵力をむけた。

竹島飛行場とその周辺は、米機動部隊（空母九隻、戦艦六隻基幹）の五〇〇ポンド爆弾（二五〇キロ爆弾）による絨毯爆撃をうけた。このとき日本側は無防備だったという。

記録によると、このときの航空機の損害は一八〇機である。そのうちの一〇〇機が地上で破壊されたそうだ。沈没した艦船は四二隻である。そのうち三四隻が輸送船であった。トラック島はこのあと第三次にわたって空襲をうけ、徹底して破壊された。

トラック島には街があった。とはいっても都会のような大きな街ではなく、離島の小さな田舎町という雰囲気だった。「小松」や「南国寮」などといった料亭もある。雑貨店や飲食店もあり、将兵たちが長期滞在できる環境がととのっていた。海は真っ青にかがやき、珊瑚がきらめいていた。緑濃く、砂浜は半弓を描きながら長くのび、蒼空に真っ白い雲がうかぶ。この世の楽園であった。

わたしは、上陸をゆるされたとき、島にある学校をたずねた。

校舎はそまつなつくりであったが、黒板があり、教壇があり、子供たちの小さな机とイスがならんでいた。その日、学校は休みだったのか、たれもいなかった。わたしは窓から教室内をのぞき込みながら、ふるさとの教え子たちのことをおもいだし、ひとり長い時間たたずんだ。

トラック島が壊滅したと聞いたとき、

（あの校舎もこわれたのだろうか。こどもたちは無事だろうか）

とまっさきに島の小学校のことを思いだした。

トラック島は、フィリピン諸島、ハワイ（真珠湾）、ニューギニア島のほぼ中心に位置する岩礁である。環礁内は、航空母艦が全速航行しながら艦上機を発艦できる広さがあった。この基地は、連合艦隊の重要な根拠地である。また航空隊にとってもラバウル基地などの南方基地の中継地であった。

トラック島にある竹島飛行場は大型機（陸上攻撃機）の離着陸ができ、夏島には水上機基地がある。島々には要塞砲が設置され、三万トンの重油保管タンク、四〇〇〇トンの航空燃料保管タンクも設置されていた。日本海軍にとってきわめて重要なこの基地が大空襲をうけ、基地としての機能をうしなった。

米機動部隊は、このとき「飛び石作戦」を取っていたため、トラック島には上陸せず、マリアナ諸島（サイパン島、グアム島、テニアン島）にむかった。トラック島は孤立し、放置され、そのまま終戦をむかえた。

リンガ泊地

米機動部隊の進撃はつづく。

昭和十九年二月二十三日、絶対国防圏の中心に位置するマリアナ諸島が空襲された。

そして、昭和十九年三月三十日、米機動部隊（空母一一隻、戦艦五隻、巡洋艦一一隻基幹）がパラオ、ウルシー、ヤップにある日本の基地を爆撃した。これによって、船舶、補給施設が破壊され、日本の航空機一四七機、艦船四〇隻が破壊された。

太平洋における二大基地のひとつがトラック島であり、もうひとつがパラオである。すでにトラック島は壊滅した。そしてこの時期、パラオ諸島海域の制空海権も連合軍のものとなった。

アメリカの空母を基幹とする機動部隊は、しだいに太平洋の勢力範囲をひろげていった。

それに反比例し、「大和」と「武蔵」を主力とする連合艦隊の行動範囲はしだいにせばめられていった。

昭和十九年四月二十一日、工事点検を完了した「大和」は、重巡洋艦「摩耶」と駆逐艦二隻にまもられ、物資輸送のためマニラにむけて呉港を出港した。またも輸送である。世界に誇る巨艦が輸送に追い使われている。それほど戦況は逼迫していた。

昭和十九年四月二十六日、「大和」はマニラ港に入港し、物資の陸揚げをおえた。そのあと出港し、一路南下、昭和十九年五月一日、スマトラのリンガ泊地に入港した。

泊地とは、船が停泊できる水域のことをいう。岩礁や島などで波からまもられた内海であること。水深があること。石油等の補給ができること。戦争目的を果たすことができる位置にあること。これが「泊地」の条件であった。

リンガ泊地は、スマトラ島とリンガ諸島のあいだにある停泊地である。直近には、パレンバンのほか、リマウ、アバブ、ダウス、ジャンビーといった油田群がある。連合艦隊の重要な停泊地であった。

ここでも訓練であった。油田地帯をひかえているため燃料に不自由しない。敵の行動圏外である。十分に訓練ができる条件がそろっていた。

リンガ泊地に入港した昭和十九年五月一日、

――トラック島の基地が第三次の大空襲をうけ、基地としての機能を完全にうしなった。

という報告を受けた。

われわれにとって、太平洋の一大拠点であったトラック島をうしなったショックは大きかった。戦況の悪化を、

（あの島々が米軍に奪われた。もう島にゆくことができない）

という事実でつきつけられた。

「トラック島がえらい襲撃をうけたらしいぞ」

「アメリカのやろう、調子にのってつぎつぎと制海空権を奪っていきやがる」

「カロリン諸島を奪回されて、つぎは、いよいよマリアナ諸島のサイパンか」

「だんだん本土に近づくわけか」

「大本営や司令部は、いったい、どんな作戦で敵を迎えようとしているのだろう」

艦上で休憩時間中におこなわれる「たばこ盆会議」でも、みないらいらした様子で話しをしていた。

戦争というのは、毎日戦闘しているわけではない。戦闘と戦闘のあいだにながい平穏な時間がある。陸軍の場合、その時間は「警備」や「行軍」となる。海軍の艦隊勤務では「待機」と「航海」の時間となる。

「大和」の場合、とくにこの「平穏な時間」がながかった。われわれは、停泊と航海をつづけ、その合間に訓練をくりかえした。

## 「あ」号作戦

昭和十九年五月十四日、タウイタウイ島に到着し、待機となった。タウイタウイ島は、フィリピン諸島のミンダナオ島からボルネオ島へつづく諸島のひとつである。

翌十五日、第一航戦の「大鳳」「翔鶴」「瑞鶴」をはじめ、第五戦隊の「妙高」「羽黒」、第十戦隊の「矢矧」ほか駆逐艦一五隻があつまった。

翌十六日、第二航戦の「隼鷹」「飛鷹」「龍鳳」、第三航戦の「千歳」「千代田」「瑞鳳」、そして僚艦である「武蔵」も到着した。堂々たる艦隊である。

小沢中将が統率する第三艦隊（航空機四四五機）と栗田中将がひきいる「大和」以下戦艦五隻、巡洋艦一二隻、駆逐艦二九隻が合流し、第一機動艦隊を編成した。

「今度の海戦は大きいらしい。マリアナ沖でやるらしいぞ」

タウイタウイ島で待機するわれわれに情報がはいってきた。緊張感が艦内に満ちた。連日、訓練と整備にあけくれた。

連合艦隊司令部は、米機動部隊が五月下旬に西カロリン（ペリリュー島）かマリアナ諸島（サイパン島、グアム島、テニアン島）に到達すると予想した。いずれも「絶対国防圏」の要衝である。そのため、マリアナ諸島の兵力を強化し、敵をパラオ方面へ誘い込み、機動部隊と基地航空隊によって撃破するという作戦を立てた。

この作戦を「あ号作戦」という。陸軍も海軍のこの作戦に期待した。

昭和十九年五月二十日、豊田副武《そえむ》連合艦隊司令長官が「あ号作戦」開始を発令し、同日、小沢治三郎《じさぶろう》中将は旗艦「大鳳」で、次のような内容の訓示をおこなった。

今次の艦隊決戦に当たっては、我が方の損害を省みず、戦闘を続行する。
大局上必要と認めた時は、一部の部隊の犠牲としこれを死地に投じても、作戦を強行する。
旗艦の事故、その他通信連絡思わしからざるときは、各級司令官は宜しく独断専行すべきである
もし、今次の決戦でその目的を達成出来なければ、たとえ水上艦艇が残ったとしても、その存在の意義はない。

ところが、「あ号作戦」発令後、おもわぬ事態になった。

昭和十九年五月二十七日、ニミッツの海軍部隊によるマリアナ諸島攻略を支援をするため、マッカーサーひきいる連合軍がニューギニア島の直近にあるビアク島に上陸したのである。ビアク島の日本の守備隊は二〇〇〇名であった。この島にはニューギニア最大の日本基地がある。ビアク島をうしなえばフィリピン南部の制空権をうしなう。絶対国防圏の一角であるビアク島は、守らなければならない日本の領土であった。

昭和十九年六月二日、朝から各砲の射撃訓練が実施された。いつもは操作だけであったが、この日は実弾を撃った。「大和」と「武蔵」の四六センチ主砲をはじめ、副砲、高角砲、機銃が火を吹いた。轟音があたりを覆った。わが五番高角砲も無事に射撃をおえた。

昭和十九年六月十日、ビアク島に上陸中の敵艦隊および上陸部隊を、「大和」「武蔵」の主砲で砲撃するという作戦がとつぜん下命された。

予期しなかった命令であった。「あ号作戦」の命令により、太平洋上における一大海戦を決意していた将兵たちは、おどろきとともに不満の声をもらした。しかも、空母をともなわず一機の護衛機もないまま、水上艦隊だけで目的地にむかうという。この命令が「渾作戦《こんさくせん》」であった。作戦は三回にわたっておこなわれた。

第一次渾作戦

フィリピンのミンダナオ島で待機中だった陸軍の部隊が、ビアク島への増援部隊にえらばれた。昭和十九年六月二日、陸兵たちを満載した輸送船が、ミンダナオ島ダバオを出発し、ビアク島にむかった。輸送船には護衛艦隊がついた。

翌三日、陸軍の偵察機から

「アメリカ機動部隊発見」

の報告があった。このため、ビアク島支援作戦は中止され、輸送船団はニューギニア島のソロンにむかった。ソロンに到着すると陸軍部隊は上陸した。

その後、陸軍偵察機の報告が誤報とわかり、連合艦隊はあわてて作戦の再開を命じた。しかし、すでに部隊はソロンに上陸しており、艦隊は燃料補給のためにアンボンにむけて出発していた。このため、第一次作戦は中止となった。尻すぼみな結果であった。

第二次渾作戦

ビアク島に対する増援作戦が再開された。今度は、六隻の駆逐艦による輸送に切り替えられた。しかし、旅団の全部隊を駆逐艦で一度に輸送することは不可能であった。そのため、約六〇〇人が第一陣として運ばれた。駆逐艦による輸送の出発地は、ソロンであった。

同年六月八日、午前三時、日本の艦隊がソロンの港を出発した。同日、十二時三十分、敵機（約二五機）の空襲により「春雨」が沈没した。部隊はそのままビアク島にむかった。同日、二十二時ころ。日本の艦隊をまちかまえていた連合軍（重巡洋艦一隻、軽巡洋艦二隻、その他、駆逐艦一四隻）が攻撃を開始した。

日本の艦隊は敵艦隊から撃ちだされる「レーダー射撃」をうけた。艦隊はつぎつぎと被弾した。やむなく、全滅をさけるために撤退を開始した。

日本の駆逐艦が逃げた。それを連合軍が追った。この追跡は長時間にわたり、翌九日午前三時ころまでつづけられた。日本艦隊は辛くも逃げきった。日本側の損害は駆逐艦数隻の損傷であった。第二次渾作戦は、中止された。

第三次渾作戦

三回目は、過去二度の失敗を反省し、兵力を強化しておこなわれた。陣容は以下のようになっていた。

攻撃部隊＝戦艦「大和」「武蔵」、重巡「妙高」「羽黒」、軽巡「能代」、駆逐艦「沖波」「島風」「朝雲」

輸送部隊＝重巡「青葉」、軽巡「鬼怒」、駆逐艦「満潮」「野分」「山雲」、敷設艦「津軽」「厳島」、第三六号駆潜艇、第一二七号輸送艦

補給部隊＝タンカー第二永洋丸、第三七号駆潜艇、第三〇号掃海艇

いよいよ「大和」投入である。

連合艦隊の存在は、日本軍人の心のささえであった。これは海軍の兵だけではない。小銃をもって地面に立つ陸軍の兵たちも、

「連合艦隊は世界最強である」

というイメージをもっていた。そして、

「いつか連合艦隊がきて敵をたたきつぶしてくれる」

と信じていた。

南方の戦線において、連合軍の圧倒的な火力にさらされている将兵たちにとって、巨大な戦艦群で構成された日本の連合艦隊は、戦局の打開を託せる最後の「夢」であった。

とくに、「大和」や「武蔵」の存在を知る海軍の将兵たちは、連合艦隊の力をもってすれば敵を必ず粉砕できる、とかたく信じていた。その連合艦隊がニューギニアを目指した。ビアク島の将兵たちはよろこんだであろう。

「大和」をはじめとする艦隊は南下を開始した。そして、六月十二日、ついにソロン沖バチ

ヤン泊地に到着した。ビアク島はもうすぐである。

この日、わたしは「大和」の艦上を走りまわりながら、

（もうすぐ戦闘だ）

と緊張していた。

ところが、夕刻になると艦隊が出港し、北上をはじめた。ひきかえしはじめたのである。

「ビアク島砲撃は中止になったそうだ」

「決戦場は、やはりマリアナ沖か」

という噂が耳にはいった。

結局、第三次渾作戦は中止となった。陸軍部隊はそのままソロンへ残置された。情報によると、連合軍がサイパン島に空襲を開始したという。

昭和十九年六月十一日、米艦載機一一〇〇機が、サイパン島に空襲をかけた。十三日からは戦艦八隻、巡洋艦一一隻の艦隊がサイパン島に接近し、艦砲射撃を開始した。

このとき、サイパン島には一八万発もの砲弾が撃ち込まれた。この攻撃により日本の陣地は半壊し、サイパン基地にあった一五〇機の航空機を全部うしなった。これにより、連合軍の目標がマリアナ諸島にあることがわかった。

マリアナ諸島（グアム島、サイパン島、テニアン島）には大規模な日本基地がある。日本から約一〇〇〇キロしかはなれていないマリアナ諸島の重要度は、内地から約五〇〇〇キロ

はなれたビアク島の比ではない。マリアナ諸島の基地がアメリカのものとなれば、大型機が日本にむかって飛び、日本本土が空襲にさらされる。

そこで、日本は、ビアク島攻撃を中止し、マリアナ方面に連合艦隊をひきもどしたのである。この時期の日本海軍の右往左往ぶりがこれだけをみてもよくわかる。

これで三次にわたった「渾作戦」はおわった。ビアク島で連合艦隊の到着をまっていた将兵たちは落胆したであろう。「渾作戦じゃなく、いつまでたっても来ん作戦だ」とビアク島の兵たちが言っていたという手記を読んだことがある。連合艦隊の到着をまちのぞみながら、失望のもとに死んでいった将兵たちのことを思うと、心が痛む。

この渾作戦は、マリアナ沖海戦の前哨戦となるものであった。後手にまわる作戦指導により、いたずらに戦力を消耗させ、戦局を悪化させただけの結果におわった。

航空部隊や艦船の損害をはじめ、連合艦隊に無用の航海を強い「あ号作戦」のために準備していたガソリンや重油などを消費してしまった。

ビアク島の飛行場を手に入れた連合軍は、ニューギニア海域の制空権、制海権をにぎる。残された一〇万以上の兵隊たちに対する補給も絶えた。

ニューギニア島は猖獗の密林である。戦後までにこの島で一二万以上の日本兵が死んだ。戦闘ではなく、病気と飢えによって死んだ者がほとんどであったという。

## マリアナ沖海戦

米軍（ニミッツ軍）のサイパン島侵攻は日本を震撼させた。

マリアナ諸島は、絶対国防圏の最重要地点である。絶対国防圏とは、戦局の不利を踏まえ、昭和十八年（一九四三年）九月三十日に御前会議で決定されたあたらしい防衛ラインである。御前会議とは、天皇陛下のご臨席を賜ったうえでおこなわれる日本の最高首脳会議である。

絶対国防圏の防衛ラインは、北方領土から出発し、小笠原諸島を通り、マリアナ諸島を通過してニューギニアの西部（ビアク島）を経由し、ボルネオ島、スマトラ島の油田地帯をつつみこむようにビルマにいたる。西太平洋に描いた広大な半円である。マリアナ諸島がうばわれれば、日本の敗戦に直結する事態となる。

そこで、サイパン島を攻撃している米機動部隊に対し、連合艦隊が勝負を挑むことになった。決戦の場所は、マリアナ諸島の沖である。

「大和」はいそぎ北上し、進路をグアム島の沖にとった。

サイパン島は日本から約一〇〇〇キロの距離にある。ひろい平地があるため大型機が発着できるながい滑走路がある。ここが連合軍の基地になればサイパン基地から大型機が飛びたち、日本に対する空襲がはじまる。内地は火の海になるだろう。なんとしても米軍を食い止めなければならない。

わが連合艦隊（第一機動艦隊）は、ここに大決戦を覚悟し、戦闘海域にむかってすすんだ。

連合艦隊（第一機動艦隊）の陣容は、

空母九隻、戦艦五隻、重巡洋艦一一隻、巡洋艦二隻、駆逐艦三二隻、潜水艦一五隻、輸

送船六隻

であった。

敵は、米第五艦隊である。戦力は、

空母七隻、戦艦七隻、重巡洋艦三隻、巡洋艦六隻、軽巡洋艦四隻、駆逐艦五八隻

であった。

いよいよ海戦である。これまで長い航海と厳しい訓練に耐え、いつの日かと力をたくえてきた。そのすべて出しきり憎い敵を粉砕してやろう。

「大和」の将兵たちはふるいたっていた。

昭和十九年六月十五日、連合艦隊はギマラス泊地に移動したあと、マリアナ諸島にむかって出撃した。同日、米軍がサイパン島へ上陸を開始した。サイパン島の日本の航空隊はこれまでの空襲でほぼ壊滅状態になっていた。同日、豊田長官は「あ号作戦決戦発動」を発令した。

同日、「大和」の艦上に「Z旗」がのぼった。Z旗は、二本の対角線で四分され、黄・黒・赤・青の四色に色わけされている。日露戦争のとき、「三笠」の艦上にひるがえった旗と同一のものである。これをみた将兵たちの士気は、ますますあがった。

昭和十九年六月十九日、出撃、この日、航空戦がはじまった。

そのとき、「大和」をはじめとする水上部隊はグアム島の西の海上を進撃していた。

「会敵。　戦闘開始」

という情報がはいった。

のちに「マリアナ沖海戦」と名付けられる一大海戦がいよいよはじまったのである。

このとき、遠くはなれた海上では、日米の機動部隊が熾烈な航空戦を展開していた。「大和」から空の激戦はみえない。むろん空母の姿もない。目の前には茫々たる海原がひろがっている。未曾有の大海戦がはじまっているにもかかわらず風景がいつもとかわらない。そのことがわたしには不思議だった。

　すでに戦闘海域にはいっている。いつ敵機が飛来するかわからない。異常な緊張感が「大和」の艦上をおおった。戦闘経験がまったくないわたしは不安を隠せなかった。

　敵艦隊を殲滅するため、「大和」は主砲を北にむけてそのときをまった。日本海海戦の再現、これが日本海軍の目標であった。

　そのとき、敵の戦闘機が「大和」を襲った。

「敵艦上機ちかづく」

「対空戦闘」

「飛行機、左三〇度、高角三〇度、距離二三〇《ふたさんまる》（二万三〇〇〇メートル）」

「大和」の速度があがる。振動がビリビリと体につたわる。

（いよいよ実戦だ）

眼をおおきく見開いて、小刻みにふるえる計器の目盛り指針をみる。指針のふるえがはげしくて見定めがむつかしい。

「主砲の射撃をおこなう」

という情報がはいった。まだ、敵機は主砲しか届かない位置にいる。

「撃ち方はじめ」

わたしは砲塔のなかで息を詰めそのときをまった。

と、すさまじい轟音につつまれた。九門の主砲が斉射をおこなったのである。九発の主砲弾が空気を切り裂きながら飛んでいった。主砲が撃つ弾の直径は四六センチ、重さは一・五トンある。世界一の巨弾である。

敵機が接近してきた。

わたしは、てのひらにじっとり汗をかいた。

「撃ち方はじめ」

主砲にかわって、副砲、高角砲、機銃に射撃命令がくだった。わたしの戦闘がはじまった。

「大和」にある対空火器がいっせいに火をふいた。ものすごい音と振動である。鼓膜がやぶれたかとおもった。

一弾、一弾が敵機にむかって飛んでゆく。

「あたれ」

機銃の射手が狂ったように撃ちまくる。けたたましい金属音をたてて空薬莢が後方にはね飛ぶ。

（たのむぞ）

心の中で命中をねがう。「大和」を中心とした艦隊が、何万発もの弾幕を天空にはった。

「弾丸をつづけてあげろ」

「オジケルナ」

「撃ちガラ薬莢に気をつけろ」

わたしがいる五番高角砲塔のなかで元気な声がとびかう。

何分がたっただろうか。まっしろなときがすぎた。無我夢中だった。自分がどんな動きをしたのか記憶にのこっていない。そして、戦闘は唐突におわった。敵機が去ったのである。日が暮れるまえに空母に帰ろうとしたのか。あるいは空母群を攻撃したあとの余力で短時間の攻撃をしただけだったのか。

しずかになった。

「大和」はその後もしばらく東進し、敵をさがした。しかし、敵の姿はどこにもない。燃料が乏しくなった。やがてわが艦隊は、沖縄本島の中城湾《なかぐすく》をめざして進路をとった。

航空隊壊滅

「大和」は空母部隊を支援するのが任務だった。航空戦がおわり、敵の戦艦があらわれたときに主砲や副砲を撃ち、敵艦隊を全滅させる。そのときをまった。しかし、戦場はとおかった。「大和」の出番はなかった。

わたしの初陣は「なにがなんだかわからないままおわった」というのが正直な感想だった。戦闘の経過などなにもしらないまま夕刻をむかえた。

夜になった。満天の星空であった。とどけられたにぎりめしをほおばった。

「大和」は真っ暗な海を北上した。艦内は灯火管制のためタバコは禁止された。警戒配置のまま仮眠するよう指示があった。わたしはなかなか眠れなかった。

昭和十九年六月二十日、朝。眼がさめると、「大和」は蒼黒い海面を突きすすんでいた。依然、危険海域を航行中であった。この海のどこかに敵潜水艦がいる。いつ魚雷がむかってくるかわからない。

「この海に『大和』が沈むことがあるのだろうか」

「大和」が沈むときが自分が死ぬときである。うねる海面をみながら父母のことをおもった。

マリアナ沖海戦は、艦船の戦いではなく、飛行機の戦いであった。空母から発進した日米の艦載機が空で死闘をくりひろげた。結果は、日本の惨敗であった。

日本は、この海戦で航空機によるアウトレンジ戦法を採用した。日本の艦載機の航続距離の長さを生かし、遠方から戦闘機を発進させ、敵戦闘機が日本の艦隊を攻撃する前に敵艦隊をたたこうとする戦法である。日本の戦闘機はこの作戦を実施し、ほぼ全滅した。いくつか要因がある。

ひとつは、パイロットの技術が未熟であったことにある。

日本の戦闘機は訓練が不十分なパイロットたちが操縦していた。なかには味方の船か敵の船か見わけることができない者もいた。操縦練習生を卒業し、すぐに戦場にかりだされた。そのため、ふつうの操縦しかできず、いわゆる曲乗りができない。敵機の下腹からつきあげるように攻撃したり、上空からまっさかさまにおちながら銃弾をあびせたりといった技術がない。日本のパイロットは、空中戦ができなかった。

一人前のパイロットを養成するには飛行時間が八〇〇時間はいる。八〇〇時間の訓練を積むためには最低一年間は必要である。日本はミッドウェー海戦で大量のベテランパイロットをうしなっていた。日本海軍は、ミッドウェー海戦からマリアナ沖海戦までのあいだに優秀なパイロットを養成することができなかった。そのため、日本の航空隊は敵機のえじきになったのである。

ふたつめは戦闘機の性能の差である。

米軍にグラマンF6Fが配備されたことにより、零戦の優位性が完全にうしなわれた。グラマンF6Fは零戦よりも一〇〇キロ以上はやい。機数も圧倒的に多い。そのため、空中戦がはじまると日本の戦闘機は圧倒され、つぎつぎと撃墜されてしまった。

みっつめは米軍の装備の向上である。

高性能なレーダーと無線が開発され、この海戦で使用された。これによって米軍は、日本機の位置と数を正確に把握した。そして優位な位置から圧倒的なかずで攻撃をした。

グラマンF6Fにのったアメリカのパイロットたちは、日本機がノロノロと飛び、逃げもせずに撃ち落とされてゆくことにおどろいた。そして、「マリアナの七面鳥撃ち」という日本にとって屈辱的な比喩をつかった。

この海戦（昭和十九年六月十九日と二十日）の結果、日本側は、空母三隻（翔鶴、大鳳、飛鷹）が沈没、空母四隻（瑞鶴、隼鷹、龍鳳、千代田）、戦艦一隻（榛名）、重巡洋艦一隻（摩耶）損傷のほか、空母艦載機三九五機（全艦載機の九二パーセント）、水上機三一機（全水上機の七二パーセント）を喪失した。

一大決戦としてのぞんだ海戦で、日本海軍の機動部隊（空母と艦載機を主力とする海上部隊）は、ほぼ消滅した。連合艦隊にのこったのは、「大和」「武蔵」を主力とする遊撃部隊（戦艦を主力とする艦隊）だけとなった。

対空強化

「大和」は戦場をはなれ内地にむかった。

昭和十九年六月二十二日、沖縄の中城湾についた。

はじめての実戦は短時間の戦闘であった。しかし強烈な体験であった。砲撃や銃撃の轟音、転舵のためゆれうごく艦、きしむ機関の響き。わたしは砲塔内で恐怖と不安でパニックになっていた。

しかし、自分の砲塔から最初の弾丸が発射されたあとは、気持ちが落ちつき、冷静に行動できた。考えるよりも先に体のほうがうごいた。普段の訓練がいかに大切か、身にしみてかんじた。

「大和」が中城湾にはいったのは午後であった。この日、風雨がはげしかった。点検整備などの作業を終え、自室に入った。

ようやくいつもの自分にもどった。戦闘の興奮はもうない。不思議なことに、日常生活がもどると急に戦闘の恐怖がよみがえってきた。そして、生きているよろこびをかみしめているうちに、ふいに、

(このまま故郷に帰りたい)

という強いおもいが体の奥底からつきあげた。

「大和」は、翌二十三日に中城湾を出港し、二十八日に呉港に着いた。

呉港において、「大和」は、一二五ミリ機銃一五梃と一三号電探(電波探信儀)を装備した。この一三号電探は、対潜見張りと対空射撃をかねたものである。高性能であった。

昭和十七年十月十一日、サボ島沖夜戦において、五藤少将が米艦隊のレーダーに導かれた砲弾によって戦死してから約二年。ようやく、連合艦隊の各艦にも優秀なレーダーが装備されたのである。電探があらたに装備された理由は、航空機とパイロットの消耗がはげしいためである。空の護衛なしで戦うための新装備であった。しかし、友軍機がないまま、レーダーと対空砲火だけで艦隊が自衛できるのだろうか。

昭和十九年七月九日、「大和」は、陸軍第百六連隊をビルマ（現ミャンマー）方面に輸送のため呉港を出発した。この日、サイパンが米軍に占領された。ついにマリアナ諸島の一角がアメリカのものとなった。

昭和十九年七月十六日、「大和」は、リンガ泊地に着いた。はげしい訓練が日課となった。このときの訓練日数は一〇〇日におよんだ。灼熱の太陽が容赦なくふりそそぐなか、連日おこなわれた連合艦隊の訓練は、言語に絶するきびしいものであった。

この時期の連合艦隊の敵は、戦艦ではなく、米機動部隊（空母を主艦とする艦隊）である。高速性能をもつ空母部隊を殲滅するため、急速接敵による砲戦、電探をつかった遠距離砲戦、魚雷戦など、あらゆる場面を想定した訓練がおこなわれた。

幾多の基地をつぶし、かぞえきれないかずの戦友を殺した憎き米機動部隊を殲滅するために、われわれは血がにじむような訓練に耐え、練度をあげていった。

「大和」の将兵たちが訓練にはげんでいるあいだに、米機動部隊がマリアナ諸島をつぎつぎと占領していった。

昭和十九年七月二十一日、米海兵隊がグアム島に上陸した。

同年七月二十四日、米海兵隊がテニアン島に上陸した。

同年八月一日、テニアン島の日本守備隊が全滅した。

同年八月十日、グアム島の日本守備隊が全滅した。

マリアナ諸島を完全に手にした米軍は、つぎに、フィリピンの直近にあるパラオ諸島に攻撃の矛先をむけた。目標はペリリュー島である。

昭和十九年九月六日から八日、米機動部隊（空母一六隻基幹）が、パラオ諸島の日本基地を爆撃した。そして、昭和十九年九月十五日、アメリカ海兵第一師団がパラオのペリリュー島に上陸した。太平洋戦争の主戦場は、フィリピン方面にうつった。

## 台湾沖航空戦

戦況はアメリカが願うとおりに展開していた。マリアナ諸島の占領に成功し、ペリリュー島も自軍のものになった。つぎの目標はフィリピンである。

フィリピンのレイテ島、ルソン島を占領すれば、日本本土攻撃のあしがかりとなる。また、日本の石油還送ルートも遮断できる。フィリピン諸島を占領することによって、この戦争のゴールがみえてくるのである。

連合軍（マッカーサー軍）の上陸予定地はレイテ島である。連合軍と米機動部隊（ニミッツ軍）は、レイテ島周辺の制空権を確保するため、周辺基地に共同して空襲をかけた。

これに対し日本は、のこっている航空機をかきあつめて戦線に投入し、空中戦を展開した。

これが「台湾沖航空戦」である。

この空の戦闘は、昭和十九年十月十二日から十六日のあいだにおこなわれた。連合軍は、延べ一四〇〇機もの航空機をつかって大空襲をおこなった。日本も海軍爆撃機「銀河」や艦上攻撃機「天山」、陸軍爆撃機「飛龍」などからなる航空機九〇機以上が出撃したが、五四機が未帰還となった。

昭和十九年十月十三日、連合軍はこの日、延べ約九五〇機の航空機が出撃し、台湾方面に攻撃を加えた。

昭和十九年十月十四日、この日も連合軍が、台湾からルソン島北部にかけて早朝から攻撃をおこなった。日本は、約三八〇機で邀撃した。しかし、アメリカ戦闘機群の攻撃をうけ、約二四〇機が未帰還となった。

連合軍は、

「日本の地上基地を破壊し、制空権を確保した」

とし、この日をもって台湾への攻撃を打ち切った。

これに対し、昭和十九年十月十五日、十六日、日本軍の航空隊が大規模な反撃をおこなった。しかし、連合軍に反撃され、日本軍の被害は大きくなるばかりだった。

台湾沖航空戦は、日本の惨敗であった。日本航空隊は壊滅した。

ところが、ここで日本はとんでもないことをはじめる。大敗を喫していながら、大勝をしているかのような錯覚をおこしはじめたのである。後世からみれば、それはもはや集団催眠ともいうべきものであった。

現地の航空隊は、内地の大本営に対し「空母を撃沈」「戦艦を撃破」といった戦果をつぎつぎと報告した。この過大な報告を大本営は信じた。そしてそのまま発表した。

現地では航空隊が壊滅的状況におちいっているにもかかわらず、日本では戦勝騒ぎでわきたっていたのである。場所によっては、喜びのあまり提灯行列までしたというのであるからおどろかされる。

台湾沖航空戦では、米機動部隊はほぼ無傷であった。しかし、日本海軍は誤報であったことを認めず、修正をしなかった。そして、

十月十七日にフィリピンのレイテ湾に接近したアメリカ艦隊は、この海域に残存する最後の艦隊である。その他の敵艦隊は、先におこなわれた航空戦で日本機が撃滅した。

とし、

レイテ湾のアメリカ艦隊を殲滅すれば、フィリピンの危機は去る。

と、判断した。

そしてだされた命令が「捷号作戦」である。この作戦によって世界戦史上、最大の海戦がはじまった。これが「レイテ沖海戦」である。

この海戦でも日本は大敗北を喫する。

日本敗戦の原因はさまざまな要因が複合的にからみあい多枝にわたって存在する。

しかし、各地でおこなわれた局地戦において、現場からの誤報（あるいは虚報）にもとづいて打ちだされる作戦により、いたずらに人が死に、被害が加速度的に大きくなったことはまちがいない。それは、フィリピン諸島でおこなわれた戦闘においてひときわ顕著であった。

戦果誤報の影響は海上の戦いだけではなく、地上の戦闘にも大きな影響を与えた。

海軍による過大な戦果報告の修正がされなかったため、陸軍はルソン島で連合軍の上陸部隊を迎撃する方針を変え、レイテ島で決戦をおこなうことにした。

そして、第一師団、第二十六師団をはじめとする決戦用の兵力を、ルソン島からレイテ島に輸送した。これが連合軍の格好の標的となった。第一師団をのぞく大半が輸送途中に空襲をうけ、装備や軍需品が海にしずみ、たくさんの将兵が死んだ。

台湾沖航空戦により、フィリピンに布陣していた第一航空艦隊（一航艦）は、約一五〇機のうち一一〇機以上をうしなった。第一航空艦隊は、レイテ沖でおこなわれるであろう米艦隊との決戦のとき、上空において敵艦載機と戦い、連合艦隊を守るという任務があった。しかし、もはやその任務を遂行する力がなくなった。この戦況が特攻隊を生むことにつながったのである。

昭和十九年十月にはいると、大西瀧治郎中将がフィリピンにむかった。大西中将は、捷号作戦の発動にともない、第一航空艦隊による特攻隊を編成し、連合艦隊のレイテ沖にいる敵空母に突入し、栗田艦隊を援護することをきめた。そして、昭和十九年十月二十一日、神風特別攻撃隊が編成され、レイテ湾にむけとびたった。

これ以降、日本の攻撃は特攻隊が主体となる。

そして、後日、フィリピンが陥落し、沖縄戦がはじまると、「大和」が特攻隊として出撃するのである。

# 第六章　レイテ沖海戦

## サイパン

太平洋戦争がはじまって三年がすぎた。

海戦のたびに日本海軍は、航空母艦、巡洋艦、駆逐艦、輸送船など、おおくの艦船が沈没あるいは破損した。膨大なかずの航空機もうしなった。優秀なベテランパイロットや鍛え抜かれた艦船の兵たちも死んだ。

物的、人的な損害の回復には、ながい時間がいる。しかし、各地の戦線において敗戦をかさねる日本軍にそんな時間はない。日本は無理な戦争の継続によって兵力を消耗し、国力を衰退させていた。

それに対する連合軍は、兵力を増幅させながら勢力を拡大し、太平洋の島々に布陣する日本軍をつぎつぎと撃破していった。

どこの島でも、日本兵たちは凄惨な戦いと悲惨な死を強いられた。とくにサイパン島の陥落には胸が痛んだ。サイパン島に布陣した守備隊だけではなく、移住した一般の日本人も、「もうすぐ連合艦隊が救援にきてくれる。それまでがんばろう」

とはげましあいながら戦った。そして多くの人が死んだ。そのかずは二万人以上に達したという。

孤立状態となったサイパン島では、一般人も、「ばんざい」と叫びながら突撃し、珊瑚の白い砂浜を鮮血で染めた。

たくさんの老人や婦人たちも自決した。むろん、そのなかには母親と一緒にいた子供たちの死も含まれている。亡くなった非戦闘員のかずは、八〇〇〇とも一万ともいわれている。サイパン島はマリアナ諸島のなかで最大の島である。日本が所有するこの島の基地は、太平洋上の要衝であり、太平洋を侵攻してくる米軍を食い止める最後のトリデといわれた。

マリアナ諸島を突破されればフィリピン諸島をうしなう。フィリピン諸島をうしなえば、油田をうしなう。油田をうしなえば、戦争は敗戦をむかえる。日本にとって、マリアナ諸島の防衛は、戦争継続の絶対条件であった。その「最後のトリデ」をまもるため、日本海軍の総力を投入して米機動部隊に決戦を挑んだ。

これが「マリアナ沖海戦」であった。

この戦いは、日本にとってまけることができない戦いであった。しかし、日本の航空隊が敵戦闘機とレーダー射撃の好餌となり、空母と艦載機の大半をうしなうという結果におわった。

この痛手は軍艦にのる将兵にとっても深刻な問題であった。日本が空母と艦載機をうしなったことにより、「大和」「武蔵」を主艦とする連合艦隊は、これ以降の海戦を戦闘機の援護なく、軍艦だけで行動しなければならなくなった。

すでに航空機全盛時代である。艦隊めがけて乱舞強襲してくる敵機に対し、「大和」「武蔵」の四六センチ巨砲や増設強化した対空砲火だけで対抗できるのか。水上部隊だけで果たしてどこまで戦うことができるのか。まことに気分はくらく、不安がつのるばかりであった。

すでに述べたように、マリアナ沖海戦のあと「大和」は沖縄を経て柱島から呉港に帰り、対空火器と電探を増強した。これはアリアナ沖海戦から得た教訓をもとに海軍がおこなった泥縄的な措置であった。

対空強化がおわると「大和」はふたたび出撃し、スマトラ島の東方にあるリンガ泊地についた。ここで他の艦と合流し、実戦さながらの砲戦と夜戦訓練を連日くりかえした。リンガ泊地は水深が浅いため潜水艦から攻撃される心配がない。敵機の行動圏外でもある。油田もちかい。秘密訓練をするには絶好の場所であった。

昭和十九年九月にはいった。

連合軍がモルッカ諸島のモロタイ島に上陸した。いよいよ、フィリピン諸島に対する本格的な攻撃がはじまったのである。

艦内では、

「つぎの海戦はフィリピン海域となるだろう」

という噂が飛びかっていた。

昭和十九年十月一日、「大和」と「武蔵」の乗組員に、シンガポールへの半舷上陸が許可された。三ヶ月ぶりの上陸である。上陸は海の男にとって最高の楽しみである。この最大のプレゼントに乗組員たちが歓声をあげた。艦内は喜びで沸きたった。つぎの大海戦をまえにしての配慮であった。

(陸地を踏むのもこれが最後になるかもしれない)

というおもいがチラリを頭をかすめた。

なぐりこみ作戦

シンガポールまでは「長門」に乗艦してゆくことになった。「大和」と「武蔵」は機密艦であるため人目にさらしたくない。また巨大すぎるため接岸するにも不自由である。そのため「長門」を利用したのである。

わたしの上陸はとりとめもなく過ぎた。

寺院や王宮を見学し、ブランデーを胃袋にいれた。雑貨を買い、町をぶらつき、門限までに艦に帰った。

昭和十九年十月十七日、

——連合軍がレイテ湾に侵攻を開始した。

という情報がはいった。すでにフィリピン地区の制空権、制海権も敵の手にわたっている。戦況は不利になる一方であった。

第一線にいる水兵たちも、戦況の悪さを肌で感じ、

(日本は勝てるのだろうか)

と不安をいだくようになっていた。

その将兵たちの不安を一掃するかのように、連合艦隊司令部は、「捷一号作戦」を発動した。昭和十九年十月十八日のことであった。

この作戦は、日本にのこっているすべての艦隊がレイテ湾に突入し、輸送船団や上陸部隊に主砲をぶっぱなすというものである。祖国の興亡と連合艦隊の運命をかけた大勝負であった。

しかし、優勢な空軍力をもつ連合軍に対し、艦隊によるなぐりこみのようなこの作戦が果たして成功するのだろうか。

昭和十九年十月十八日、夜、リンガ泊地を出発した第二艦隊(栗田艦隊)の三九隻が、ボルネオ北部の基地ブルネーにむけてしずかに出撃した。レイテ湾には上陸中の米艦隊と輸送船団がひしめている。そこに突入して砲を撃ちまくるのである。われわれ兵たちの士気は高く、気持ちはたぎっていた。

艦隊は砲戦演習をしながら、ボルネオ島を右手に北上をつづけた。

「敵の艦船はぞくぞくとレイテ湾に集結している」

「フィリピン方面に陸軍部隊を輸送中の日本船団の大半が沈没した」

と、途中さまざまな情報がはいる。艦内はこれまでにない緊迫感につつまれた。


昭和十九年十月二十日、正午ころ。第二艦隊がブルネーについた。

「大和」に下命された作戦は「捷一号作戦」であった。

あちこちからかきあつめた空母で第三艦隊（小沢艦隊）を編成し、内地の海から出撃する。第三艦隊が米機動部隊と戦闘をしているスキに、第二艦隊（栗田艦隊）、第二艦隊第二戦隊（西村艦隊）、第五艦隊（志摩艦隊）がレイテ湾に突入し、大暴れに暴れる。

これが概要である。

むろん、当時、兵隊だったわたしは、作戦の内容は知らなかった。しかし、どこからか情報が口伝いにはいってくる。その細切れの情報をつなぎあわせると、つぎの作戦の概要がわかった。今回も、おおまかではあったが、どんな作戦であるかを知っていた。

わたしは不安感がつよかった。

こんどの作戦では、各艦隊がバラバラに出撃し、レイテ湾に同時に突入するという。はたして日本の計算どおりにレイテ湾に突入することができるのだろうか。

（成功は困難ではないか）

と思えてならない。

わたしは心のなかで「もし神あるならば、いまこそわれらの上に神風を吹かし、神州を守らせたまえ」と祈った。

## 出　撃

「大和」の艦長は、操艦技術において海軍きっての達人といわれた森下信衛大佐である。副長は、砲術専門のベテランである能村次郎中佐であった。この二人は、全乗組員の信望と期待を一身にうけていた。

昭和十九年十月二十二日、朝、いよいよ出撃である。空は晴れていた。波はしずかであった。

「出港用意急げ」

出撃命令がくだされた。いっせいに将兵が走りだす。

戦闘に必要のないものや可燃物はすべて格納しなければならない。ランチ、カッターを納庫し、舷梯を収納し、錨をあげる。いつ死んでもいいように私物の整理もおこなう。作業時間は一時間である。艦上は蜂の巣をつついたようなさわぎとなった。

わたしは戦闘服を着て微速前進をはじめた「大和」の甲板にでた。各艦とも白い波の縞模様を艦尾に描いている。

未曾有の大作戦でありながら出撃は静かであった。

マリアナ沖海戦とはちがい、今回の作戦は航行距離がながい。航行距離が長ければ長いほど、危険は大きくなる。しかも予定される進路には、パラワン、サンベルナルジノというふたつの海峡がある。せまい海峡を何隻もの巨艦が通過することは安全なことではない。さらに、艦船を攻撃しやすいシブヤン海をとおる。

（今度こそ死ぬかもしれない）

という不安がわく。そのいっぽうでは、

（くるなら来い）

という開きなおりの気持ちもわいてくる。ふたつの心がからみあう。そしてくるくるまわる。


「大和」が港をでた。沖にむかう。すこしおくれて出撃する第二戦隊（西村艦隊）は、まだ湾内にいてわたしたち先発隊に「帽ふれ」をしている。

甲板にたつわれわれも、「山城」「扶桑」「最上」らの健闘を祈って「帽ふれ」でかえす。おたがいに数日後には生きているかどうかわからない。いまも脳裏にのこる惜別の儀式であった。

ブルネー湾をでた。艦隊が対潜警戒航行隊形をとった。

「大和」のうしろには「武蔵」がいる。「武蔵」は外舷を銀ねずみ色に塗り替えていた。うつくしい曲線の艦体が銀色にきらきら輝いている。巨砲が前をしっかりにらんでいるかのようで見るからにたのもしい。「大和」の一五〇〇メートル前には、巡洋艦「摩耶」が走っている。「摩耶」の左右には駆逐艦がピタリとついて護衛している。

南の海はしずかで波もない。空も青く澄んで雲ひとつない。

(見張りも楽だろう)

波が高ければ敵潜水艦が見つけにくい。雲が多ければ敵機の発見は困難である。

波がしずかで雲がない今日は、絶好の見張り日和であった。

三〇隻の艦隊が波をきってすすむ。

むかうはレイテ湾。あとにはひけない決死の作戦であった。はたして何隻が帰れるか。いや、はたして無事にもどってこれる艦があるのかどうか。

ブルネーを出撃してしばらくすると、「大和」の後檣《こうしょう》に鷹がとまった。その鷹を下士官がとらえ、艦橋にもっていったところ、

「一大決戦の出撃にあたり鷹がとまるというのはまことに縁起がいい」

と宇垣司令官が喜び、メモに即吟したという。われわれの五番高角砲塔内にもこのエピソードが伝わってきた。

対空、対潜警戒に全神経を集中しながら、艦隊はパラワン島を右にみながら北上をつづけ、やがてパラワン水道にはいった。と、とつぜん、

「敵潜望鏡発見」

という報告がはいった。われわれは「スワ、戦闘開始か」と緊張したが、

「流木の誤認、警戒そのまま」

と訂正がはいった。みなホッと胸をなでおろした。

「水鳥の羽音に驚いた軍勢か」

「そうじゃ、尾花も幽霊にみえてくるからな」

などと砲塔のなかで話した。

「摩耶」轟沈

「訓練配置につけ」

航行しながら砲戦演習がはじまった。高角砲のわれわれは弾薬の運搬訓練でまず汗を流した。砲弾を砲塔内にバケツリレーで運びこみ、砲側に立てベルトをかけてとめる。

「信管に気をつけろ」

班長のするどい声がとぶ。つぎに装填の訓練がはじまった。

弾を四番砲員↓三番砲員↓二番砲員に渡し、二番砲員は砲身に装填するための弾丸《たま》受け台にのせる。一番砲手が前傾姿勢となって装填台を倒すと弾が砲身のなかに装填される。

ここまでの動作をひとつの単位として何度もくりかえすのである。

この訓練では模擬弾をつかって左右の砲員が競争する。みな顔を真っ赤にして、

「ホイショ、ホイショ、負けるなホイショ」

と声をかけながら汗をながす。

信管手のわたしは弾丸運搬や装填をしないため、もっぱらかけ声専門である。

「よおし、やめ」

と訓練終了の号令がかかる。

「さあ、休憩をとろう」

上出班長が降りてきた。

このあともさまざまな想定にもとづく訓練がつづいた。夢中になって汗をながした。またたくまに時間がすぎていった。

夜になった。

それぞれ自分の配置場所で仮眠をとる。決戦をまえにみじかい眠りにつく。わたしも砲塔内でいつしか眠っていた。

目が覚めると夜が明けていた。

昭和十九年十月二十三日になった。甲板にでて大きく背伸びをした。

海はしずかである。天気がよい。深呼吸をして朝の大気を腹一杯に吸いこんだ。

「うまい」

まえをはしる僚艦をみる。各艦とも白い航跡をひきながら乱れることなくすすんでいる。

航海は順調のようだ。

「朝の空気は気持ちいいですね」

砲塔からでてきた籠上水（上等水兵）が声をかけてきた。

「そうだな。戦場とは思えないね」

とわたしがこたえる。

「この海と空はふるさとにつながっているんですね」

と、籠上水が海をみながらしみじみと言う。

「故郷にか」

と、わたしもつぶやきながら、二度とみることがないであろう風景を思いだす。わたしはおもわずため息をついた。

そのあと、二人でとりとめのない話しをした。そのとき、

「ズおーン」

とはらわたにひびく轟音が聞こえた。

「ズおーン」

さらに衝撃が伝わる。

魚雷が命中した音であった。おどろいてみると、左前方を走っていた「愛宕」と、そのうしろにつづいていた「高雄」の周囲に水柱と黒い煙が噴きあがっていた。

「くそっ、やられた」

甲板にいた兵たちが声をあげる。

「ちくしょう」

わたしも声をだしてくやしがった。十分な警戒をしていたにもかかわらず先制攻撃をうけ

たショックは大きかった。なぜ、これだけ艦隊がそろっていながら敵潜の接近をキャッチできなかったのだろうか。

「愛宕」は栗田長官が坐乗する旗艦である。決戦場にむかう日本艦隊の出鼻をくじくに十分な攻撃であった。

駆逐艦が増速して周辺の海面に爆雷をまきながら敵潜を追いまわす。

ドカーン、ドカーン。

爆雷が海中で爆発する。しずかだった海面が煮えたぎる湯のように沸きたつ。

敵潜を追う駆逐艦がうねりにうねる波に翻弄され波間に見え隠れする。嵐の海にうかぶ木片のようだ。敵潜の消息はわからない。旗艦「愛宕」はまもなく沈没した。「高雄」も損傷がはげしくブルネーに引きかえした。はやくも精鋭の巡洋艦二隻をうしなってしまった。

まだ敵潜の攻撃があるような気がした。艦内の緊張は極限に達した。そのとき、

「敵潜」

たれかが叫んだ。

ドォーン。

という轟音があたりにこだまする。

今度は「大和」のすぐまえを航行していた巡洋艦「摩耶」が攻撃をうけた。

海面が山のようにもりあがった。海底噴火のようなすさまじい水柱が目のまえにふきあがった。「摩耶」の横腹に魚雷が命中したのである。

天にむかってのびた水柱がザアッと落下した。目の前が滝となった。数秒で水が消えた。視界がひろがった。耳をつんざいた轟音も消えた。海上に静けさがもどった。

「『摩耶』がいない」

たれかが叫んだ。

なんと、水柱が海面にもどったときには、すでに「摩耶」が沈没していたのである。

「轟沈だ」

この言葉は何度も聞いてきた。しかしそれを見たのは初めてであった。

一瞬で沈むことを轟沈という。

「水柱があがってそれが消えたときには海中に沈む。そのため助かる者がすくない」

と先輩たちから聞いていた。本当であった。聞いていた話のとおりであった。おそらく魚雷が弾火薬庫に命中して大爆発をおこしたのだろう。

わたしは顔から血の気がひくのがわかった。

(つぎは「大和」か)

甲板に立つ足が恐怖ですくんだ。

葛　藤

わずか三〇分のあいだに三隻をうしなってしまった。

旗艦「愛宕」が沈没したため、将旗が「大和」にうつされた。栗田長官は無事であった。

「愛宕」から脱出し、「大和」に移乗した。「大和」のマストに高々と長官旗がひるがえった。艦隊は救助した将兵を分乗し、陣容をたてなおしてふたたびレイテ湾をめざした。

わたしは、前進をはじめた「大和」の艦上で恐怖と戦っていた。すでに栗田艦隊の進路、速度、兵力などの情報がレイテ湾にいる米軍に届いているはずである。海中にいる敵潜水艦はこの先さらに跳梁する。やがて空は敵機におおわれる。

わたしは、そのときおとずれるであろう自分の死のことを考えていた。人は死ぬことはできる。しかし、死の恐怖を克服することはできない。いくら覚悟をきめていても、いざそのときがくると恐れおののく。

死をむかえようとする人間にできることは、耐えることだけである。わたしは砲塔のなかで歯をくいしばって死の恐怖に耐えていた。胸がしめつけられる。心がうずき痛む。耐えがたい時間であった。「大和」には三〇〇〇人以上の兵隊がのっている。一〇代と二〇代の若者たちばかりである。少数の例外をのぞき、ほとんどの者がわたしとおなじ気持ちだったであろう。

昭和十八年十月二十四日、午前八時すぎ。パラワン水道をすぎ、シブヤン海にはいった。ここで敵の索敵機に発見された。

ズドーン、ズドーン。

と、各艦の主砲が轟然と火を吹いて威嚇する。「大和」も主砲を斉射した。

敵機は射程の外にいるため打ち落とすことはできない。艦隊の情報を通信で報告しているのだろう。

シブヤン海にいる日本艦隊が敵機に発見された。これにより、レイテ湾に突入するまえに、この海において戦闘が展開される可能性が大きくなった。

——まもなく敵機がくる。

情報ではない。わたしの予感であった。戦線にいると神経がとぎすまされ戦況を直感で把握するようになる。本能的な防衛本能が我が身にふりかかる危険を教えてくれているのだろう。

## 第一波

「大和」の右斜め後方に「武蔵」がいる。左斜め後方には「長門」がつづく。その周囲を巡洋艦がかこみ、その外側を駆逐艦がとりかこむ。輪形警戒陣である。対空砲火に有効な陣形である。

栗田艦隊が幾重かの輪になってシブヤン海をすすむ。空母は一隻もない。裸の艦隊である。索敵機から報告をうけた米軍の指揮官たちはよろこんだであろう。

ワナにむかってすすむ魚群のように栗田艦隊はレイテ湾をめざす。

(まもなくはじまる)

心臓の音がたかなる。腕時計の音がやけに大きく聞こえる。艦内はしずまりかえった。たれも話さない。沈黙したまま、地獄がおとずれるのをまった。

わたしは恐怖におそわれた。足がふるえ、靴がカタカタなるのを止めることができなかった。どうしようもない不安感におしつぶされていた。口を開けば大声で泣き叫びそうであった。

そのとき、

「各自、配置はいいか。おちついてやれよ」

と、上出班長が大きな声をかけた。萎縮した砲塔内の雰囲気を和らげようとしているのだ。

「はい」

とわたしは大きな声で返事をした。深呼吸をした。足のふるえはまだつづいていた。

午前十時をすぎたころ。

「右方向、敵機の大群」

というスピーカーからながれた。

(ついにきた)

戦闘開始である。

「大和」が増速して避退する。巨大な機関がうなり声をあげる。スクリューに動力を伝える振動がビリビリ体につたわる。その振動でわたしの体も小刻みにふるえた。

「右方向より来襲」

「対空戦闘」

「右砲戦、向かってくる敵機」

「撃ち方はじめ」

号令がつぎつぎとかかる。訓練とは比べものにならない緊張感である。

グワーン、グワーン、グワーン。

ダッ、ダッ、ダッ、ダッ、ダッ。

ダダダダダダ。

何万発もの火線が「大和」の両舷の対空火器から吹きあがる。敵機はハリネズミのような砲火をおそれない。つぎつぎと突っ込んでくる。

ドゴーン。

巨大な水柱があがる。敵機がおとした至近弾である。

ドゴーン、ドゴーン。

つづいて前後左右に水柱があがる。ざああっと滝のように海面に水が落下する。ふりそそぐ海水のなかを各艦が右に左にはしりまわる。

甲板の上は落ちてきた水柱の海水で川のようになっている。急流となった水は甲板を縦横にはしり、海に勢いよく流れおちてゆく。

飛来した敵機は、TBFアベンジャー雷撃機とSB2Cヘルダイバー急降下爆撃機、それとグラマンF6Fヘルキャット戦闘機である。

キューン、キューン。

と、甲高い金属音をひびかせながら爆弾と機銃弾の雨を降らせる。負けじと日本の艦隊も隙間なく砲火を打ちあげる。しかし敵機はひるまない。猛烈な放火をかいくぐって襲いかかってくる。アメリカのパイロットの攻撃は、執拗で勇敢であった。

「雷跡」

海中に魚雷の白い波紋がはしる。各艦が転舵してかわす。敵潜水艦も到着したようだ。

栗田艦隊は空と海中からすさまじい攻撃にさらされた。

敵の攻撃は「大和」と「武蔵」に集中した。「大和」には長官旗がはためいている。しかも巨体である。敵にとってこれほど狙いやすい獲物はない。敵機はいれかわりたちかわり太陽を背にして一直線に突っ込んでくる。そして至近距離から機銃を撃ち込み、爆弾を投下する。

「大和」の艦体が右に左に傾斜をくりかえす。魚雷と爆弾を回避しているのだ。ときに傾斜がはげしく、砲塔内の壁に体をぶつけながら、

「やられたか」

と思うときもあった。しかし、魚雷も爆弾も「大和」にはあたらなかった。

これは、操艦技術においては当代随一の名人といわれた森下艦長の力量に負うところが大きい。森下艦長は、世界一の巨艦を面舵、取舵と自在に操り、敵の攻撃をみごとにかわして

くれた。

戦闘が熾烈になるにしたがい、恐怖感が消えてゆく。不思議な感覚であった。これは戦闘に慣れ、平常心を取りもどしたのではない。恐怖が限界を超え、神経が麻痺したのである。艦のゆれも、轟音も、敵の機銃音も、すべてが気にならなくなっていた。

そして、砲身からリズムよく発射される弾丸の音を聞いているうちに、なんともいえない安心感につつまれた。わたしは半狂乱となって戦闘行為に没頭した。そしていま、狂気にかられた自分の気持ちがおちついている。わたしは砲塔のなかで、異常な精神状態のうえに冷静な自分がいるという不思議な心境になっていた。


やがて敵機は、潮がひくように空の彼方に去った。

航空機による戦闘時間はみじかい。ながくても一五分から二〇分である。燃料にかぎりがあることと、パイロットの体力の消耗がはげしいため、それ以上ながく空中戦ができないのである。

第一波は約二〇分間ほどで帰った。わたしには一時間以上もつづいたようにおもえた。

「おい、大変だったな」

「何機ぐらいいたたいたかな」

「おい。すぐに第二波がくるぞ。弾丸の用意をいそげ」

戦闘の合間はいそがしい。砲の整備、弾丸の準備、撃ちガラ薬莢の整理など、仕事は山積している。

砲塔からでて作業に汗をながしていると、甲板の機銃員たちの姿がみえた。対空火器でもっとも危険な部署は機銃である。むき身で敵機と撃ちあう。死傷率も高い。負傷者や死者がはこばれている。生きのこった機銃員は焼けた銃身を冷やしていた。

（艦橋にいる太田兵長は無事だろうか。）

おなじ分隊から「大和」に乗り込んだ同期のことをおもう。

（どうか生きていてくれ）

と祈った。

第二波
午後十二時すぎ。ふたたび敵機が来襲した。二回目の攻撃である。

昼食をたべるヒマもない。直ちに戦闘配置についた。

第二波は雷撃（魚雷攻撃）が主体であった。わたしは甲板にたって敵機の魚雷攻撃をみた。一機の攻撃機が海面に魚雷をポトリと落とす。水平に落とされた魚雷は海面にはじかれてジャンプしたあと水にもぐって姿を消す。そして白い雷跡を曳きながら浅い海中を一直線に突きすすんでゆく。イルカが泳いでいるようであった。

「生き物のようだ」

わたしは恐れることも忘れて見ていた。

はっと気づくと、高角砲が狂ったように弾丸を打ちあげている。銃も焦げよと機銃兵たちも奮闘している。

敵機は勇猛であった。操縦桿をにぎるパイロットの顔がみえるまで接近してくる。

――大和魂をもつ日本兵は、世界一勇敢な兵隊である。

と聞かされてきたが、アメリカ兵たちも日本兵にひけをとらない。敵機たちは猛烈な対空砲火にひるまず急襲してくる。

陽光のなか最新鋭の機体がキラキラときらめく。かぞえきれないかずの敵機が真っ青な空のなかに乱舞する。鳥のようだ。

戦闘中でありながら、わたしはモータースポーツをみているような気分になった。

(いかん)

甲板で足をとめた自分に気づき、あわてて砲塔内にはいった。


戦闘はつづいた。わが五番砲塔も弾を撃ちつづけた。敵は自由に攻撃してくる。われわれには上空をまもってくれる友軍機が一機もない。防戦一方の戦いを強いられることがくやしくてならない。

「ひるむな。あせるな。撃ちつづけるぞ」

とわたしは大声をあげた。黙っていることができなかった。たれにいったわけでもない。声をだすことで自分が生きていることを確認したのかもしれない。

と、突然、
ピャーン。

と異様な金属音が聞こえた。一発の機銃弾が砲塔内に飛び込んできたのである。弾は跳弾となってはね飛び、伝令の伊藤一水に命中した。

「ううむ」

伊藤一水がうずくまり、うめき声をだした。鮮血が手首をつたって床にながれおちる。戦闘服の左そでが赤黒く染まった。しかしどうすることもできない。横目でみながら作業をつづける。

命中したところは手であった。ざくろのように傷口がひらいている。傷はひどいが命には別状ない。跳弾の方向がもうすこし左にずれていたら頭に命中していただろう。

「伊藤一水。痛いだろうががまんしてくれ」

と私が声をかけた。

「はい。大丈夫です。これくらいの傷」

と健気に答える。

わたしの戦場は密室であった。絶え間ない轟音、耐えがたい硝煙、連続して止まない振動、異常な空間のなかでわたしは、

（俺はいつ死ぬのか。一秒後か。一〇秒後か）

と問いながら戦っていた。

艦上の戦場

ようやく、第二波の攻撃もおわった。砲声がピタリとやんだ。爆音も消えた。

(ああ、まだ生きていたか)

生きのこった自分を確認してひと安心する。

耳の奥でガンガン音が鳴っている。ひどい耳鳴りが生きている証のように思えてうれしかった。

「伊藤一水を応急処置室につれてゆけ」

上出班長が四番砲員に命じた。

「大丈夫です。一人でゆきます。あとはお願いします」

伊藤一水は左手首をかかえるようにして走っていった。

わたしは外にでてみた。上空のあちこちに黒い煙のかたまりがうかんでいる。海は大きく上下してゆれていた。「大和」の損傷はないようだ。のんびりしてはいられない。まだ陽が高い。三回目の攻撃がくるだろう。わたしたちは急いで砲塔内のかたづけや揚弾作業をおこなった。作業をしながら、「機銃は大変だろうな」と心配した。

機銃員は無蓋である。砲弾をふせぐ鉄の覆いがない。そのため敵機の機銃弾をあびたり、強烈な爆風をまともにうける。飛んでくる鉄片も凶器となっておそってくる。われわれ以上に死に近い配置である。

（機銃の連中は相当の死傷者がでているはずだ）

わたしたちは砲塔内の整理がおわると、甲板にでた。

「うっ」

おもわず声をあげた。そこには想像以上の凄惨な現場がひろがっていた。

機銃の銃身は焼けただれ、赤茶色になっていた。艦橋をみると、ふたつ折りになった兵が手すりにぶらさがっている。そこかしこに斃れている兵士たち。いずれも無残な姿をさらしている。

手足が散乱している。甲板は血の海である。肉片があちこちにとびちっている。用心して歩かないと血ですべり、肉に足をとられる。

うめき声をあげている兵がいた。あわてて駆けより、

「おい、しっかりしろ。死ぬんじゃないぞ」

と声をかけた。

うごけない負傷者を数人で治療室にはこぶ。

治療室は地獄絵図になっていた。

一〇代と二〇代の若者たちがむごい姿となってうごめいている。

生死を忘れ、家族を忘れ、祖国のために信じて戦った若者たち。これが、その若者たちのゆきついた姿である。

（戦争とはなんとむごいものか）

わたしはうめき声で満ちた治療室の前に呆然と立ちつくした。

重傷患者を衛生兵にひきわたし、甲板にもどった。

甲板では、ちらばった肉片をオスタップ（大きなたらい）に入れる作業がおこなわれていた。わたしも素手で大小の人肉をひろいあつめた。手は、たちまち血でそまった。


すべての作業がおわった。自分の配置にもどった。

「ご苦労」

上出班長が労をねぎらってくれた。

戦闘食が配られた。握り飯である。大量にあった。さっそく食った。腹がひどく減っていた。食欲にかられたわたしは、血で汚れた手で握り飯をつかんだ。そして、そのまま口にもってゆき、かぶりついた。

血と油で汚れた手でつかんだ白い握り飯はたちまちどす黒くなった。しかし少しも気にならない。おもうぞんぶん握り飯を食い、指についた米粒を血ごとなめとった。

今の自分はいまだ狂気のなかにあるのか。それとも平常にもどったのか。それがわからない。戦闘がおわっておちついたと思っていた自分が手についた血を平気でなめている。そのときのわたしは食べることしか考えていなかった。

戦争は人を動物に変える。努力によって身につけていた人間らしさがはぎとられ、生まれながらにもっている動物の部分があらわになる。そしてなかなか元にもどしてはくれない。

一年まえまで、わたしは教壇に立ち、子供たちに倫理や道徳を教えていた。そのわたしが戦闘をおこない、血がついた手で握り飯を食っている。あのときの自分は戦争によって変わり果てた姿なのか。あるいは戦争によってあらわれた本来の自分なのか。いま考えても答えがでない。

わたしは、食欲を満たしたあと、タバコに火をつけた。

口にくわえたタバコを吸い、煙をはいた。

「ああ、うまい」

空にのぼる紫煙をみながら声をだした。

生の世界に踏みとどまって吸うタバコは格別であった。先ほどみた無残な戦友たちのことを忘れている。わたしは、自分が生きていることを心から喜んでいた。

僚艦「武蔵」

このとき、『武蔵』が魚雷と爆弾の集中攻撃をうけ、遅れはじめている」という情報がはいった。

栗田艦隊のなかでは、巨艦の「大和」と「武蔵」が標的になった。「大和」への攻撃も熾烈をきわめた。しかし、「大和」よりも「武蔵」への攻撃のほうがよりはげしかった。

これは「武蔵」が色を塗り替えたばかりで目標としやすかったからだといわれている。たしかに、わたしがみた「武蔵」は色鮮やかに輝いていた。そのために多くの敵機が「武蔵」

を襲ったという。真偽はわからない。

十三時三十分ころ。第三波の攻撃が開始された。

敵機は、艦隊から遅れはじめた「武蔵」に攻撃を集中した。世界一の戦艦が、ちいさな飛行機によって血祭りにあげられている。「武蔵」は艦首をすこし海中にのめり込ませている。速力はもうだせないようだ。前部の各室に浸水しているのだろう。

敵機は縦横無尽に攻撃をしている。このままではシブヤン海にしずむ。

(なんとか無事でいてくれ)

満身創痍の「武蔵」をみながら、奇跡の生還を祈った。

敵機は「武蔵」に攻撃を集中しながら、ときおり「大和」にも来襲した。

ドカァーン。

前部に爆弾が落下した。衝撃は二回つづいた。

「落ちた。爆弾だ」

艦上を乗組員たちが消火作業にはしりまわる。

そのあいだも「武蔵」への攻撃の手はゆるまない。まず、機銃で艦上をたたきつぶし、抵抗力を弱めてから爆弾の雨をふらしているようだ。

比較的被害のすくなかった「大和」でさえあれほどの惨状となった。最初から最後まで集中攻撃をあびた「武蔵」の艦上の凄惨さは、想像を絶するものであっただろう。

十四時三十分ころ。第四波がきた。

やはり「武蔵」に攻撃を集中している。ときどき思いだしたように「大和」へも攻撃してくる。油断はできない。

ドカァーン。

また一発、「大和」に命中した。しかしそのあとの攻撃がない。僚艦の「武蔵」がおとりとなって敵機群をひきつけてくれているかのようであった。

第五波が大編隊できた。

ほとんど戦闘能力がない「武蔵」にむらがって襲いかかる。

艦首をぐんと海中につっこんでいる。それでも「大和」のあとを追おうともがいているようにみえた。「武蔵」のそのときの姿が今も忘れられない。記録によると、「武蔵」は、昭和十九年十月二十四日午後七時三十五分（現地時間）ころ、沈んでいる。魚雷、爆弾、至近弾をそれぞれ約二〇発くらったという。

「武蔵」をしずめたのは魚雷であった。甲板の装甲の厚さにくらべて両舷の装甲は薄い。「武蔵」はその薄いよこっつらに魚雷をうけた。「武蔵」は右舷《みぎげん》と左舷《ひだりげん》に魚雷攻撃をうけ、ほぼ左右均等に浸水した。両舷の浸水がおなじであったため、「武蔵」は艦首からまっすぐに、人がひざをおってしずかに座るように、行儀よく沈んでいった。

このためしずむまで時間がかかり、半数以上の将兵が生還できた。記録によると、死者は一〇二一人。生存者は一三七六人である。

米軍は、「巨艦をはやく沈めるためには片側に攻撃を集中させなければならない」ということを「武蔵」から学んだ。

そして、後日おこなわれる「大和」の攻撃のときには、爆弾と魚雷を左舷に集中した。そのため、左舷に配置された将兵たちは三〇分以内に全滅した。わたしは右舷にいたため助かった。軍隊はまさに運隊であった。

レイテへ

これまでの「大和」の被弾は、二発の爆弾と一発の軽爆弾であった。

栗田艦隊はレイテ湾を目指した。

夜になった。

「山城」「扶桑」「最上」をようする西村艦隊や、日本から出撃した機動部隊はどうなったのだろうか。まったく情報がない。機動部隊の空母「伊勢」には師範同期の川島洋五や藤岡薫がいる。「日向」には師範同期の橋本正明や同郷の友人である西久保幸男がのっている。無事だろうか。

わが艦隊は、サンベルナルジノ海峡をぬけ、サマール島にそって南下をつづけた。

深い闇がひろがる。海は真っ暗で光りがない。夜の航海がつづく。星が空にかがやいている。人の目は闇を見ない。光を見る。甲板にたって星空をみあげた。海風が気持ちよい。

夜があければ敵機がむらがるように襲ってくる。しずみゆく僚艦「武蔵」の姿が頭にうかぶ。「武蔵」はもういない。明日の攻撃は「大和」に集中する。

無事でいられるはずがない。

（夜があけると死ぬ）

そう思うと、子供のように声を放って泣きたいような気分になった。

「大和」は栗田艦隊の主艦としてレイテをめざす。

わたしたち兵隊は作戦の内容はしらなかった。しかし、レイテ湾を目指しているということは知っていた。むかう先に大きな海戦がまっていることもわかっていた。

艦隊をレイテ湾に突入させるというこの作戦が成功すれば、栗田艦隊は全滅する。しかし、われわれには「特攻隊」という意識はなかった。

沖縄のときとはちがい、レイテ湾突入のときには「特攻」という言葉をつかっていなかった。われわれも、「まだまだ互角の戦いができる」と思っていたし、がんばれば勝てるかもしれないという希望をもっていた。沖縄特攻のときに感じた、どす黒い悲壮感はまだなかった。

それでも死の葛藤はつよかった。

――俺はいつ死ぬのか。

とたえず考えていた。朝目が覚めれば、

「無事だったんだなあ」

と自分が生きていることをよろこんだ。

今日一日、生きていれば幸せ。明日のことはわからない。毎日毎日が死と生の境目にいる感じであった。

明日の早朝の戦闘を控え、「大和」は厳重な警戒体制のまま夜の休憩にはいった。わたしも砲塔内にすわって目をつむる。疲れ切った体はすぐ眠りの世界に引き込まれる。そして戦闘で死ぬ夢をみる。ハッと眼がさめる。

(生きている)

夢であったことにホッとしてまた眠る。そしてまたハッと起きる。それを何度もくりかえす。浅い眠りのなかで時間がすぎていった。

## 「大和」の主砲

朝がきた。昭和十九年十月二十五日、午前七時ころ。

「敵の艦隊発見」

という情報が艦内にながれた。艦上があわただしくなった。

敵機ではない。敵艦隊である。夢にまでみた艦対艦の戦いである。ついに「大和」の力を発揮するときがきたのである。われわれは勇躍した。

「大和」の主砲の射程は世界一ながい。世界中のどんな戦艦がきても五〇〇〇〇メートルは早く撃てる。艦隊同士であればまず負ける心配はない。

わたしの気持ちは落ちついていた。敵機に襲われたときのような恐怖感がない。

（相手によってこうも心境が違うのか）

とわれながら驚いた。

距離二万メートル以上は主砲が撃つ。一万メートル以上になると副砲の担当となる。高角砲と機銃は一万メートル以内にならないと撃てない。高角砲担当のわたしたちは、敵が接近するまで待機する。

主砲が発射される前には、「避退せよ」と指示される。主砲を撃つ前に体を隠すのである。突然発射されると艦上にいる者たちは爆風で吹き飛んでしまう。高角砲担当のわたしは砲塔のなかにいるためそのままでよいが、機銃員や見張り兵など艦上いる者たちは壁などにかくれて小さくならなければならない。

主砲の音と衝撃のすさまじさは表現のしようがない。

このときの海戦で「大和」は敵を追撃しながら主砲を撃った。主砲を撃つたびに弾丸発射の反動で「大和」のスピードがグンと落ちた。爆風で「大和」のスピードがおちるのである。停止時であれば巨砲の発射衝撃によって後退するであろう。

海は天然の砲台である。海水が主砲の衝撃を吸収してくれるため、巨弾を何発も発射できる。記録によると、このとき「大和」は一〇〇発もの四六センチ砲弾を発射している。

四六センチという数字はとほうもない大きさである。

もし「大和」の主砲を陸上砲台に据えたらと考えればその巨大さがわかる。

要塞などを粉砕するためにつくられる重砲は野砲のなかで最大のものだが、それでもその口径は二〇センチ代である。二〇センチあまりの弾丸を発射するには、その圧力にたえる厚さの砲身と反動を吸収するための大きな駐退機がいる。そのため二〇センチ口径の重砲でも見あげるほどの巨大な構造物となる。

ちなみに、日露戦争のとき二〇三高地を攻略したのは日本の重砲（要塞砲）である。明治三十七年（一九〇四年）十一月、日露戦争のさなか。二〇三高地のロシア陣地がおちないため旅順港内に停泊する旅順艦隊を陸上から砲撃できないという状況にあった。

旅順艦隊が健在のままロシアから回航してくるバルチック艦隊と会敵すれば、東郷平八郎ひきいる連合艦隊はふたつの艦隊（バルチック艦隊と旅順艦隊）と戦わなければならない。そのため海軍は、「はやく二〇三高地をおとして旅順艦隊を覆滅してくれ」と陸軍に要請した。しかし、ロシアの陣地は堅牢であった。二〇三高地はおちず、日本兵の死傷者ばかりがふえる。

バルチック艦隊は刻々と日本にちかづいている。

やむなく、児玉源太郎が旅順にゆき、乃木軍の現場指揮をとった。児玉源太郎が最初におこなったことは、分散配置されていた重砲（要塞砲）を二〇三高地の正面にあつめることであった。

砲を据えるためにはコンクリートの基礎がいる。砲台の移動には一ヶ月かかるという者もいたが、重砲陣地の工事は約一日でおわった。以後、大砲のばけもの、といわれた巨砲が巨弾の雨を降らし、ベトン（コンクリート）で固めたロシア陣地を粉砕し、二〇三高地をまたたくまに攻略した。

このときの巨砲が二八サンチ瑠弾砲である。

瑠弾とは弾のなかに火薬を詰めた砲弾をいう。着弾と同時に爆発し、爆風で飛び散った弾の破片で物を破壊し、人を殺傷をする。サンチとはセンチメートルのことである。フランス語読みするとサンチメートルとなる。陸軍では大砲の口径をサンチと呼んだ。

二八サンチ瑠弾砲の口径は二八センチである。最大射程は一〇キロに届かない。

「大和」の主砲は四六センチである。発射された砲弾は四〇キロ以上とぶ。大砲のばけものといわれた二八サンチ瑠弾砲より一八センチも大きい。

陸軍の兵器は日露戦争当時と大差がないと言われている。陸軍砲に対する知識がないからわからないが、太平洋戦争当時、最大の重砲の口径も三〇センチ以内だと思われる。その陸軍最大の砲台に「大和」の主砲をおいて撃てば、その反動で砲身がうしろにとび、陸上砲台が基礎からめちゃめちゃに壊れただろう。「大和」の主砲はそれくらいすごいのである。

撃　沈

「大和」の主砲がうなり声をあげて照準をあわせた。

艦上がしずまる。将兵たちが息をのんで主砲の轟音をまつ。

グォワーン、グォワーン、グォワーン、グォワーン、グォワーン、グォワーン。

轟音が幾重にもかさなりながら響きわたる。爆風が烈風となって艦上をはしる。海が割れたかと思うような振動が体をゆさぶる。一発、一・五トンの鉄塊が空気を引き裂く。前部二基の斉射である。他の戦艦も一斉に撃った。栗田艦隊がはじめておこなった猛射であった。

「大和」の六門の砲身から放たれた巨弾が天にむかって飛ぶ。主砲の射撃はつづけざまにおこなわれた。艦体が大きくゆれる。発射のつど、反動で前から押されるように速度がおちる。

（いつもながらすさまじい）

「大和」の主砲が放つ砲弾には、日本海軍の誇りと夢がつまっている。

（あたってくれ）

将兵たち全員が祈った。

固唾をのんで弾着をまつ。緊張の時間がながれる。

「初弾命中」

という情報がはいった。わあっと歓声があがった。

「やったあ」

「大和」の艦上ではだきあってよろこんでいる兵たちもいる。

これまでの海戦では艦対艦の戦いはない。そのため主砲を撃つ機会がなかった。世界一の力をもちながらその力を発揮することができなかった。たまりにたまった鬱憤を晴らすときがレイテ湾沖でついに訪れたのである。艦内が喜びの声でわきたったのも無理はないだろう。

この海戦は偶然の遭遇戦であった。敵艦隊の規模はわからない。

追撃する栗田艦隊のまえにスコールのカーテンがおりた。敵艦隊は煙幕をはりながらにげた。なおも栗田艦隊が追った。そのとき、

「雷跡二本」

敵が発した魚雷である。「大和」は転舵した。大きく艦がかたむく。魚雷の白い航跡が直近を真一文字にとおりすぎる。

辛うじてかわした。

舵をもどし元の態勢にもどった。敵は遠くに消えつつあった。

栗田艦隊はさらに追った。その途中、「大和」の主砲をくらった敵艦を発見した。薄緑色の艦体が横転し、沈没しつつあった。「大和」はその脇を通った。沈みゆく艦体のそこかしこに敵兵がつかまっている。

敵艦に命中したのは「大和」の巨弾である。下までつつぬけになり、横転した船の底に大穴が空いていた。

轟沈した船は軍艦ではなかった。商船を改造した船のようにみえた。最初から軍艦として建造された船ではなかった。商業用の船は荷物を積むため船内に大きな部屋がいくつもある。さまざまな近代兵器が満載された軍艦とはちがい、なかはスカスカであった。

「大和」の主砲の砲弾は、装甲が厚い戦艦を破壊するためにつくられている。その弾が商船を改造した敵艦に命中した。弾は甲板を突きやぶり、爆発することなく船内をストーンとつ

きぬけた。船底から飛びだした砲弾は海底までゆき、そこで爆発したのではないか。

破損状況からしておそらくそうであっただろう。艦内で爆発していれば木っ端微塵となって一人も助からなかったはずである。「大和」の砲弾が敵の船を上から下へつきぬけて大穴をあけ、そこから海水がグワアッと入って船が横倒しになった。砲弾が艦上や艦内で爆発しなかったため、たくさんの将兵が助かった。

わたしがみたとき、数百人の敵兵が船の上にいて大騒ぎをしながら救助をまっていた。

こんな船の壊しかたができるのは「大和」しかない。

(すごい威力だ)

あらためて「大和」の力におどろいた。

帰　投

大勢の敵兵たちが沈みゆく船体の上で騒いでいる。助けを求めているのか。あるいはののしっているのか。

わたしたちは甲板に出てその様子をみた。たれかが声をあげ、

「ざまあみやがれ」

とののしった。

わたしもおなじ気持ちであった。憎き米兵たちに対する憐憫の情は微塵もわかなかった。

ダッダダッダッダッ。

突然、機銃が火をふいた。「大和」の機銃である。機銃担当の兵が怒りのあまり引き金を引いたのである。

ちゅんちゅんちゅん。

と海面に弾丸がうちこまれる。わたしは撃ちだされる機銃の方をみた。

（やめろ）

と心のなかで叫んだ。

「撃つな」

怒号のような声が発せられた。

艦上にいた士官がそれをとめたのである。わたしは安堵した。

主砲が発射されるとき、わたしは命中するよう心から願った。そして被弾した敵艦の兵たちをみたとき「ざまあみろ」というだれかの言葉に共感し、心のなかで喝采をあびせた。抑圧されてきた復讐心が一瞬ではあったが満たされたような気がした。

しかし、その兵たちが殺されそうになったとき、引き金をひいた戦友の行為におびえ、士官が制止したときに胸をなでおろした。敵の全滅を望んだわたしが、殺人を目の当たりにすることを嫌悪した。そしてわたしは、漂流する米兵たちが無事に救出されることを心から望んだ。

人間の心は定形がない。とらえることができない流水のようだ。若かったわたしの心は、戦況や状況においてくるくると変わった。そして変わりゆく自分の心に少しの疑問も矛盾も感じていなかった。

漂流するアメリカ兵の姿がとおざかる。

「人命尊重のアメリカだ。すぐ救助されるよ」

と、たれかがつぶやいた。そのつぶやきが印象にのこった。

われわれは敵艦隊ひしめくレイテ湾にむかっている。

仮に、そこへ到達し、輸送船団や上陸部隊に砲弾を撃ちこんで戦果があがったとしても、袋小路にとびこんだ日本の艦隊は全滅する。連合艦隊司令部が発した作戦は、艦にのる将兵たちの死の上にたてられた作戦であった。若者を集め、軍艦に乗せ、突撃を命ずる。人命尊重がなによりも優先されるアメリカでは絶対にだされない命令であった。

戦友がもらしたつぶやきには、米兵たちが所属するアメリカ軍への羨望がこめられていた。アメリカの若者たちもまた危険な任務を命ぜられるだろう。しかし、死ぬことを命ぜられることはない。戦友が感じた羨望とは、非合理な命令を発しない組織に対する羨望であった。その気持ちはわたしにもあった。死ぬことを前提とした作戦を命ぜられた日本の若者たちは、おさえてもおさえても、「生きたい」という気持ちが頭をもたげてくる。こらえがたい生への欲求、抜きがたい未来への執着、義務によって死にゆく自分への哀しみ。

これが日本兵たちの苦しみであった。

――人命尊重のアメリカだ。すぐ救助されるよ。

という戦友の言葉は、戦争を忌避する言動ができないわれわれの心情を、直接いいあてたぎりぎりの言葉であった。

このあと、艦隊は追撃を中止し、北上してレイテ湾をめざした。

ところが、突然、作戦が変更された。あたらしい作戦は、「レイテ湾から日本の囮作戦によっておびき出された敵主力艦隊と対決する」というものであった。そのため栗田艦隊は反転し、北進をはじめた。

これがのちに「栗田艦隊の謎の反転」といわれる艦隊行動であった。

機銃員
栗田艦隊は反転した。しかし、敵艦隊と遭遇できないまま、「大和」はサンベルナルジノ海峡をぬけ、シブヤン海にはいった。そのあと「大和」はブルネーをめざした。帰投である。唐突な作戦の終了であった。

(生きて帰ることができる)

わたしの気持ちは一気にあかるくなった。艦内もどことなく華やいだ雰囲気になった。

死は覚悟していた。しかしやはり死にたくはない。みな生きたいのだ。生きて帰れることがうれしくてならないのだ。みんなの気持ちが砲塔のなかにいてもわかった。

昭和十九年十月二十六日、シブヤン海をブルネーにむかって航行中、B24の編隊に攻撃された。

「主砲だけで応戦する。他の砲は待機せよ」

という命令が伝達された。

B24はアメリカの爆撃機である。まだ副砲以下の銃砲では届かない位置にいる。天地が裂けるような轟音とともに、主砲がふたたび火を吹いた。砲声が海面をはしる。シブヤン海のすみずみまで「大和」の咆哮はとどいたのではないか。すさまじい大音響であった。「三機撃墜」という情報がはいった。しかし敵艦をしずめたときほどの高揚感はない。雲のむこうの出来事だからだろうか。撃墜の真偽はわからない。

B24は執拗であった。なおも接近し、「大和」の上空から爆弾を落とした。艦は転舵し、爆弾をかわした。二発の至近弾が前方の海中で爆発した。猛烈な爆風が「大和」をおそった。この至近弾により、右舷中央の機銃員に死傷者がでた。

どの戦闘でもそうだが、最初の犠牲者は必ず機銃員からでる。防護用の鋼鉄板もなく、裸の状態で機銃をかまえている。

戦艦「武蔵」の機銃担当であった渡辺清氏が手記「戦艦武蔵のさいご」を遺されている。そのなかにこんな記述がある。

見張り員がさけんだ。

「右七十度、敵艦載機」

「高角四・六〇〇（よんてんろくまるまる）、こちらにむかってくる」

いっしゅん、艦内は緊張のあまり、墓地のように静まりかえった。かるい指のひとつきで、くずれてしまいそうな、不気味な静けさである。

ぼくらは、戦闘配置についた。

「二番機銃、配置よし」

砲台下士官の元木兵曹が、群指揮官の星山少尉に、さけぶように報告する。

ぼくは、俯仰桿をにぎったまま、ふりかえって銃尾をみまわした。

銃尾には、外垣と森下と江口の三人が、および腰にからだをかまえて、装てんした弾倉のあたまをにらんでいる。増田兵長は、旋回手の席から、口をへの字にむすんで空をみあげている。元木兵曹のよこで、首に電話器をつるし、レシーバーを耳にあてて立っているのは、伝令の谷上水だ。となりの四番機銃には、生駒兵長や、鈴木や、根本のはりつめた顔もみえる。いずれも鉄カブトをかぶり、腰に防毒面をさげた戦闘服装である。

ぼくらは機銃員だ。あつい装甲鉄にかこまれた砲塔とちがって、配置は露天甲板である。わずかに銃座の前面に、防弾用の砂袋がつみあげてあるだけで、あとはまわりをさえぎってくれるものはなにもない。

まるで、はだかで敵に身をさらしているようなものだ。もし爆弾を一発まともにくらったら、それこそ、髪一本のこさずに吹っとんでしまうだろう。

ぼくは、ふときょうが自分のさいごになるのではないかとおもった。そうおもうと、まわりの風景が、いっぺんにかすんだようにうすくなった。海も空も、にわかに色を消して、そこに死の恐怖だけがいじわるくたちふさがってきた。

まことに機銃員の心情を端的にあらわしている。

わたしたちは直ちに甲板にでた。そして爆風によって死傷した機銃員の収容作業をてつだった。現場は想像以上にひどかった。血の海であった。肉片がまじった血のりで足がすべる。斃れた負傷兵の傷口がみえた。まだ血がながれでている。すでに意識がないようだ。かれも助からないだろう。

われわれはレイテ湾突入で死を覚悟した。それが中止となり、無事寄港できることを心中よろこんでいた。そして、ここまで帰りながら、ふいにあらわれた敵機の爆弾によって死に至る。戦死していった機銃員たちは、さぞかしくやしかったであろう。さぞかし悲しかったたであろう。

少年兵

瀕死の兵のなかで、かすかに唇をうごかすものがいた。なにかを言おうとしている。戦友が耳を近づけてそれを聞き取ろうとした。まだ一〇代の少年兵である。一六、七だろうか。必死になにかを言おうとするが言葉にならない。

「なんだ。がんばれ。言ってくれ」

戦友がはげましながら、最後の言葉を聞こうとする。少年兵はもがきながらなにかを言おうとする。しかし言葉にならない。

「がんばれ。言ってくれ。言ってくれ」

なおも戦友が声をかけてはげました。

少年は目をみひらき、口をパクパクしている。

そして、ぽつりと、

「お母さん」

と声を発した。少年の口のなかに血があふれた。そして死んだ。

収容作業がおわったあと、戦友からその話しを聞いた。

わたしは、涙がとまらなかった。

昭和十九年十月二十八日。夜。ブルネーについた。

多くの僚艦をうしなった。数を減らした艦隊がしずかに港にはいった。ようやくたどりついた、という印象であった。

戦死者の水葬がおこなわれた。遺体は白い事業服につつみ、毛布にくるんでロープで巻き、模擬砲弾をくくりつけて海に沈める。一体、また一体とクレーンで海面におろされる。どれだかはわからないが、あの少年兵の遺体もこのなかにある。肉体から離れた魂は、まっすぐに郷里の母のもとへいったことだろう。かなしいことである。

わたしは艦上の死屍累々の光景を思いだした。治療室では、死体の上に死体だけではなく、死にかけた者の上にも死体がおかれていた。置く場所がないのだ。重傷者のうち、治療をしても無駄だと判断されると放置された。

無残な姿になった死体と、顔がつぶれ、手足をうしない、あるいは内臓が飛び出た状態で呼吸をしている重傷者が折りかさなる。足の踏み場もない。どれが死体でどれが生きているのかも判然としない。泣き叫ぶ声。殺してくれと嘆願する声。母を呼ぶ声。その凄惨さは言葉にできない。

「大和」の乗組員のなかには一〇代の兵もおおかった。少年志願兵たちは一六歳から二〇歳までの者で一〇〇人以上いただろう。三〇〇〇人ちかくいた兵たちの平均年齢は二七、八歳だったとおもう。みな若かった。その若者たちがあんな姿になってしまった。あまりのむごたらしさに呆然とするばかりであった。

## 生還

レイテ沖の海戦はおわった。ながく暗いトンネルを通りぬけ、やっと明るい世界にでた感じであった。

「ああ、生きていた」

生きていることがこんなにありがたいものだとは。

分隊員があつまった。みな額に白い塩のすじがついている。表情は明るい。

「みんな、よくがんばってくれた。ご苦労だった。おたがい無事でよかった」

上出班長が温かい言葉をかけてくれた。うれしかった。

それからすこしずつ情報が入り、この作戦の結果がわかってきた。結果は、敗北であった。開戦時の艦艇の大半がうしなわれた。のこったのは栗田艦隊だけになってしまった。レイテ沖海戦で勝利した連合軍は、フィリピンから台湾、そして沖縄を経て本土へ至るだろう。その日はそう遠くない。

ブルネーに帰投後、いつものとおり勇壮なテーマ音楽が艦内にながれた。大本営の発表である。ラジオからニュースがながれてきた。われわれもおもわず聞き入った。

「んっ」

内容を聞いているうちにお互いに顔をみあわせた。

（おかしい。そんなはずがない）

発表された数字があわない。日本の被害がすくなく、相手の損害が多い。

われわれは細かい数字を知っていたわけではない。しかし、第一線の戦場で命をかけて戦ってきた兵士たちである。自他の損害は肌で知っている。その確かな感覚とはかけはなれた数字がラジオからながれている。

この時期、日本はほとんどの航空戦力をうしなっていた。そしてこのレイテ沖の海戦でほぼすべての艦艇をうしなった。その事実を隠すためにでたらめな数字をニュースでながしているのである。きわめていい加減な報道であった。

大本営は国民の士気高揚のためにおこなったのであろうが、それを聞いた兵たちの士気はおちる一方だった。
むなしい放送を聞きながら、
（いよいよ日本は敗戦だ）
と思った。
ちなみに、このとき発表された日本の損害は、
戦艦×一
巡洋艦×二
であった。しかし、実際には、
戦艦×三（武蔵、山城、扶桑）
重巡洋艦×六（愛宕、摩耶、鳥海、最上、鈴谷、筑摩）
軽巡洋艦×四（多摩、能代、阿武隈）
であった。
人的損害は一万人以上といわれる。
米軍の損害は小型空母三隻、その他三隻沈没である。
この海戦で、連合艦隊は壊滅した。
以上が、わたしが体験したレイテ沖海戦のすべてである。
人間の体験は糸くずのようなものである。太平洋戦争という歴史の舞台にわたしはいたが、

実際に見聞きした事実はその一パーセントにもみたない戦後いろいろな記録をみたり証言を聞くことにより、自分が戦局のどの位置にいて、どの作戦のなかにいたのかをはじめて知る。

以下、その後の記録を参考にして、レイテ沖海戦の全容を簡単に書いておく。

# 第七章　艦隊たちの死闘

## 制海権

レイテ沖海戦にいたるまでの経緯をもう一度整理する。

戦争で勝つための第一の条件は、制海権をいかに確保するか。にある。制海権をもてば、いつでも出撃できる。兵隊も物資もぞんぶんに運べる。

日露戦争も制海権の争いであった。

ロシアを出発したバルチック艦隊がウラジオストック港のロシア基地にはいれば、以後ロシアは、日本が海路をつかっておこなっていた満州（中国東北部）への補給を邪魔することができる。砲弾と食料の海上補給が日本軍の生命線である。補給が滞れば日本陸軍は負ける。

連合艦隊の参謀、秋山真之は、そうならないために、バルチック艦隊を一隻ものこさず海にしずめる。という作戦をたてた。その決戦場が日本海であった。

補給路を確保するため、あるいは敵の補給路を遮断するために制海権を争うという戦争の構図は、太平洋戦争においてもおなじである。

ただし、太平洋戦争の場合、航空機の発達により、制海権と制空権がセットになった。制空権を得ることが制海権を確保することになった。

世界地図をひろげると中央に大きな海がひろがっている。太平洋である。

この広大なフィールドを、日本、アメリカ、オーストラリアが▽に囲んでいる。太平洋戦争とは、この三国が太平洋を取りあった戦争といっていい。領土ではなく、終始、海を争奪したという点において、世界戦史に類型のない特異性をもっている。

日本は、補給ルートをまもるために制空海権を太平洋上に大きくひろげた。確保した補給ルートをつかってはこぶ物資は、武器や食料ではない。石油である。東南アジアの油田から石油が日本にはこばれる。この石油の補給が途絶えれば、日本のすべての軍事兵器が停止する。

石油の補給ルートをまもるためには、その途上にあるフィリピン諸島の制空海権をまもらなければならない。フィリピンの制空海権をまもるためには、西太平洋の制空海権をまもらなければならない。西太平洋の制空海権をまもるために、日本は南洋諸島に基地をつくり、将兵を送りこんだ。領土の占領のためではなく、石油の輸送路をまもるために、何万、何十万という陸海の将兵たちが南方の島に配置された。

こういった戦争をした国は、日本だけではないだろうか。

西太平洋とは、日付変更線（経度一八〇度）から西側の海域をいう。

この西の海には南洋諸島と呼ばれた大小の島々が散在する。平地がある島には日本の飛行場があった。飛行場がある島には守備隊が配置された。敵の接近をふせぐ山城や砦のようなものである。本城は日本列島である。フィリピン諸島は城門にあたる。城門が突破されれば、城はおちざるをえない。

昭和十八年十一月、連合軍の反撃が開始された。

連合軍（マッカーサー軍）は「カートホイール作戦」を開始し、フィリピンを目指した。カートホイール作戦とは、一隊はニューギニア島の北側にある日本基地を攻略しながら前進し、もう一隊は、ソロモン諸島にある日本の飛行場をたたきながら進むというものである。

このマッカーサー軍ルートのほかに、連合軍にはもうひとつのルートがあった。ニミッツ軍の海上ルートである。

太平洋艦隊司令長官であるC・W・ニミッツの部隊は、ギルバート諸島→マーシャル諸島→トラック諸島（空襲）→マリアナ諸島と中部太平洋の離島伝いに進撃した。

そして、フィリピン海域に至ったニミッツの海上部隊は、レイテ島への上陸を開始したマッカーサー軍を支援した。レイテ島は、首都マニラがあるルソン島（フィリピンの首都）の直近に位置する。

ルソン島の喪失はフィリピン海域の全制空海権の喪失を意味する。日本はなんとしてもルソン島をまもらなければならない。そのためにはレイテ島を敵にわたすわけにはいかない。

連合軍は、続々と陸海の兵力を集結させ、レイテ島の攻略をはじめた。

これに対し、連合艦隊司令部がおもいきった作戦にでた。


レイテ湾をまもる最大の敵はアメリカ海軍第三艦隊である。猛将といわれたハルゼー大将がひきいる高速機動部隊（空母部隊）である。

日本は、最大の敵であるハルゼー機動部隊をレイテ湾のまえからひっぺがし、そのすきにレイテ湾に乱入して大暴れをしたいと考えた。そこで、ひとつの艦隊（小沢艦隊）がおとりとなってハルゼー艦隊を日本側の海にさそいだし、そのあいだにみっつの艦隊（栗田、西村、志摩艦隊）がレイテ湾に突入する作戦をたてた。

これが「捷一号作戦」である。

この四艦隊は、日本海軍に残存する全艦隊だった。作戦がはじまると四個の艦隊は連携せずにバラバラに行動した。そして各艦隊が別々に、それぞれの場所で海戦をした。そのため、戦闘海域は数百キロにおよぶ広大なものとなった。

フィリピン近海におけるこの海の戦闘は、四日間にわたっておこなわれた。

### 四つの艦隊と四つの海戦

主要な海戦に名前がついている。次の四つである。

シブヤン海海戦（昭和十九年十月二十四日）

スリガオ海峡海戦（昭和十九年十月二十五日）
エンガノ岬沖海戦（同日）
サマール沖海戦（同日）

「レイテ沖海戦」は、この四つの海戦の総称である。ニミッツの本には、牛のよだれのような日米艦隊の大衝突、とある。

日本艦隊は、
　小沢艦隊
　栗田艦隊
　西村艦隊
　志摩艦隊
である。

西村艦隊は栗田艦隊の一部であったが、この作戦にあたり別部隊として出撃した。

十月十七日に米軍の最初の部隊がレイテ湾の地上に上陸したとき、日本艦隊は、
　栗田艦隊・西村艦隊↓リンガ泊地
　志摩艦隊↓沖縄の奄美大島錨地
　小沢艦隊↓瀬戸内海
にわかれて停泊していた。

小沢艦隊は、のこった空母をあつめて編成された機動部隊（航空機をもつ艦隊）である。

この作戦のとき、艦体の修理と飛行士の訓練のために内地にいた。

栗田艦隊、西村艦隊は、リンガ泊地にいた。これはリンガ泊地が油田地帯にちかいため燃料の補給ができるからである。

志摩艦隊は内地から、「台湾沖航空戦で〝壊滅〟したアメリカの残存艦隊を掃討せよ」という命令をうけて出撃したが、敵艦隊と会敵することによって「敵壊滅」が誤報であることがわかり、沖縄の奄美大島錨地に引き返した。そこで、突然、レイテ湾突入部隊に編入された。


昭和十九年十月二十日、マッカーサーひきいる連合軍がレイテ湾から上陸していた。

この日、栗田艦隊は、ボルネオ島のブルネー港に入港し、燃料を積み込んでいた。

十月二十二日、早朝、栗田長官が「大和」「武蔵」をはじめとする戦艦五、重巡洋艦一〇、軽巡洋艦二、駆逐艦一五隻をひきいて出撃し、パラワン水道にむかった。

栗田艦隊は連合艦隊のほぼ全軍をひきいていた。「大和」と「武蔵」を中心とした強力な艦隊であった。しかし空母は一隻もない。敵機がうずまく海へ、水上兵力だけで出撃するのである。

ブルネー港からレイテ湾にいたる航路はふたつある。
①ボルネオ島の北端↓スル海↓ミンダナオ海↓スリガオ↓レイテ湾
②パラワン島の西↓ミンドロ岬↓シブヤン海↓サンベルナルジノ海峡↓サマール島沖↓レ

イテ湾

である。

ブルネーから栗田艦隊が先発し、西村艦隊が後発した。

この二艦隊は、ちがうルートをとおり、ふたてからどうじにレイテ湾に突入する計画だった。

強大な戦力をもつ栗田艦隊にくらべ、西村艦隊の兵力は小さい。そのため西村艦隊は、距離がみじかく、危険が少ない①の航路をゆくことになった。

栗田艦隊は②をゆく。

栗田艦隊の航程は、まっすぐにすすんだとしても約一〇〇〇海里ある。途中、敵潜や敵機をさけるためジグザグに航行すると距離はさらに長くなる。一海里は一八五二メートルである。一〇〇〇海里は一八五二キロになる。東京から小笠原諸島までの距離に相当する。

ちなみに、一時間に一海里（一八五二メートル）はしる速度が一ノットである。「大和」の最高速度は二七ノットであるから、一時間に約五万メートルはしる。時速に換算すると約五〇キロであった。

敵機がぶんぶんとびまわる海域を約二〇〇〇キロ航海し、いくつもの狭隘な海峡をとおり、米艦隊がまちうけるレイテ沖を突破し、袋小路の湾のなかに突入しなければならない。

栗田艦隊がおかれた状況は、ロシアからはるばる回航し、連合艦隊がまつ日本海にはいってきたバルチック艦隊とおなじであった。

もし仮に、アメリカの艦隊が空母をともなわず、軍艦だけで日本本土に突進してくれば、軍令部や連合艦隊の司令部は涙をながしてよろこぶだろう。万里の波濤をこえ、アメリカの裸の艦隊が本土沿岸に接近すれば、日本海軍はありたっけの飛行機をとばし、潜水艦に総攻撃を命じるはずである。

そして、日露戦争から三〇年以上も準備してきた「漸減邀撃作戦」を展開し、日本海海戦を再現しただろう。栗田艦隊は、フィリピンの海で、この仮の話しを本当にやるのである。

栗田艦隊は、パラワン水道をとおり、ミンドロ島の北からシブヤン海にはいり、そのまま西にすすみサンベルナルジノ海峡という下関のようなせまい海峡を通過し、太平洋にでる。そのあとサマール島を右に大きくまわりこみレイテ湾に突入する。

作戦というよりも冒険というべき航路である。

西村艦隊は、もとは栗田艦隊に属していた。それを片腕をもぐようにして別部隊をつくり、スル海方面に放った。本隊からきりはなされた西村艦隊の戦力は弱小である。旧式の戦艦二、重巡洋艦一、駆逐艦四隻であった。

西村艦隊は、十月二十二日の午後、ブルネーを出撃した。

パラワン島の西には「スル海」が大きなプールのようにひろがっている。西村艦隊はこのプールを縦断し、スル海→ミンダナオ海→スリガオ海峡→レイテ湾という航路をたどる。巨人の両腕をかいくぐって喉をつらぬくような航路である。

志摩艦隊の戦力はさらに脆弱である。重巡洋艦二、軽巡洋艦一、駆逐艦四隻であった。

志摩艦隊は台湾の馬公に寄港し、そこから南シナ海の洋上にでて、ルソン島沖、ミンドロ島沖を通過してスル海にはいり、西村艦隊と合流してレイテ湾に突入せよという命令をうけた。弱小の二艦隊をレイテ湾の手前でたばねて強化しようという作戦であった。

小沢艦隊（機動部隊）は、

空母「瑞鶴」

軽空母「瑞鳳」「千歳」「千代田」

改造空母「日向」「伊勢」

の陣容であった。ただし、熟練パイロットはいない。飛行甲板に着艦できるパイロットはひとりもいなかった。

小沢艦隊は、レイテ湾の正面（サマール沖）をまもる第三艦隊（ハルゼー大将ひきいる米機動部隊）を北にさそいだすためにくりだされた。猪突猛進型のハルゼーが小沢艦隊にくいつく。小沢艦隊が全滅するあいだに、栗田、西村、志摩の三艦隊がレイテ湾に突入する。

この作戦が成功してもしなくても、この一戦で連合艦隊は全滅する。

艦上にいたわれわれ兵たちは、レイテ湾にむかう途中も、

「がんばれば勝てるかもしれない」

という希望をもっていた。

しかし、戦後、この作戦の内容をあらためてみると、まぎれもなく「海上の玉砕戦」であり、二万人以上の将兵がおこなった「連合艦隊による特攻作戦」であった。

シブヤン海海戦

十月二十三日、日の出まえ。栗田艦隊がパラワン島沖の真っ暗な海上を航行していた。そのとき、「ダーター」と「デース」という名の二隻の米潜水艦から魚雷攻撃をうけた。これにより、栗田長官がのる重巡洋艦「愛宕」が一八分間で沈没し、重巡洋艦「高雄」が大破した。「愛宕」は栗田艦隊の旗艦であった。

さらに魚雷が重巡洋艦「摩耶」に撃ちこまれた。「摩耶」は火薬庫に引火して大爆発を起こし、バラバラに吹き飛んでしまった。栗田長官は「愛宕」から脱出し、駆逐艦に救出され、「大和」に移乗した。

以後、「大和」が栗田艦隊の旗艦となった。

十月二十四日。栗田艦隊はシブヤン海にむかった。そこにはハルゼー提督がひきいる空母部隊がまっていた。

このとき栗田艦隊の分身である西村艦隊はスル海を航行していた。

西村艦隊と合流するはずの志摩艦隊は、西村艦隊から約六〇マイルはなれて後続していた。

西村、志摩艦隊がむかうスリガオ海峡にまちうけていたのはアメリカ第七艦隊である。

レイテ島の連合軍の主力は米軍であった。アメリカの陸海軍が共同したこの作戦では、つぎこめるだけの兵力がおしむことなく投入されていた。そのため上陸地点のレイテ湾は、世界中の船をあつめたかのようなおびただしい数の艦船でうまっていた。

そしてレイテ湾の沖には、米艦隊が数段かまえて布陣し、上陸部隊の援護と警備にあたっていた。この布陣を要約すると、

レイテ湾付近→第七艦隊（戦艦を主力とする艦隊）

レイテ湾の沖→第三艦隊（空母を主力とする艦隊）

である。

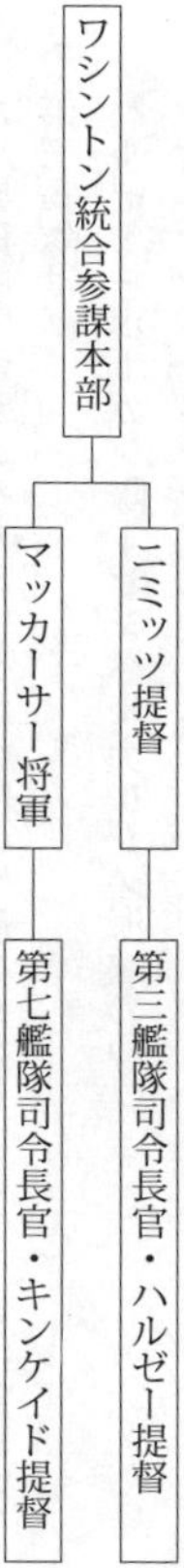


第七艦隊の指揮官はキンケイド中将である。第三艦隊の指揮官はハルゼー提督であった。

第七艦隊は上陸部隊を支援するための艦隊である。このため、大きな火力をもつ戦艦と巡洋艦を主力とする艦隊であった。

第三艦隊の空母隊は、

マッケーン隊（ジョン・S・マッケーン中将）

ハルゼー・ボーガン隊（ジェラルド・F・ボーガン少将）

シャーマン隊（フレデリック・C・シャーマン中将）
ダヴィソン隊（ラルフ・E・ダヴィソン少将）
のよっつにわかれていた。一隊の戦力はおおむね、空母二、軽空母二、新型戦艦二、巡洋艦三、駆逐艦一四であった。
ハルゼー提督は、ボーガン隊をひきいて全軍を指揮していた。
日本の各艦隊がレイテ湾にせまったとき、マッケーン隊はウルシーの米軍基地に帰投中であった。栗田艦隊がサンベルナルジノ海峡の突破をめざしてシブヤン海にはいろうとしたとき、第三艦隊は、
ハルゼー・ボーガン隊↓サンベルナルジノ海峡の沖
シャーマン隊↓ルソン島の沖
ダヴィソン隊レイテ島の沖
に布陣していた。
午前八時十分、ハルゼー・ボーガン隊の偵察機がシブヤン海の入口（ミンドロ島の南）に栗田艦隊を発見した。
ただちにハルゼー大将は、シャーマン隊とダヴィソン隊をよびよせ、空母六隻の艦載機を発進させて栗田艦隊を襲撃した。攻撃は、
一〇：三〇↓四五機
一二：〇〇↓三一機

一三・三〇↓四四機
一四・三〇↓三二機
一五・〇〇↓六七機
計、五回おこなわれた。

これによって栗田艦隊は大損害をうけ、「武蔵」がシブヤン海にしずんだ。

この日、栗田艦隊は、午前十時三十分から午後三時をすぎるまで、空からの攻撃をうけつづけた。期待していた日本空軍の援軍は一機もこなかった。

午後三時三十分ころ。栗田艦隊は全滅を避けるために反転して退避した。

## 一機の彗星

この時期、日本航空隊は崩壊していた。

飛行機の数は少ない。ベテランパイロットもほとんど残っていなかった。ルソン島にある海軍航空隊（司令長官福留繁中将・第二航空艦隊）のパイロットたちも新米ばかりであった。

アメリカのパイロットたちはこの三年間で訓練を積んで技術をたかめ、経験を積み自信を深めていた。もはや日本海軍航空隊に米空軍と空中戦を展開する実力はない。

そのため第二航空艦隊は、米空母から艦載機が発進したあと、海上基地である空母を破壊しようとした。ルソン基地の第二航空艦隊は、すべての航空兵力を発進させ、敵空母にむかわせた。ルソン島から飛びたった日本航空隊の標的となったのはシャーマン隊であった。

シャーマン隊は日本機の飛来をレーダーで探知した。そして、空中戦ができない爆撃機と雷撃機を格納し、戦闘機を発進させて上空で待機させた。そのあと、シャーマン隊の空母はスコールのカーテンのなかに隠れた。

日本機がすがたをみせた。資料によると、約一八六機とある。艦上戦闘機と艦上攻撃機が先発し、約一〇機の艦上爆撃機（彗星）が後続した。

この日本機群をアメリカの戦闘機が邀撃した。

シャーマン隊と日本機のかずはほぼ互角であったとおもわれる。しかし、海上に落ちてゆくのは日本の飛行機ばかりであった。日本側は六〇機以上の損害をだして空中戦はおわった。

戦闘がおわった。生きのこった日本機も去った。シャーマン中将は戦闘終了を確認し、空母に戦闘機の収容を命じた。米空母がスコールのなかからでてきた。上空で旋回していた戦闘機が着艦の態勢にはいった。

そこに、雲のあいだから、一機の日本機がポツリと姿をあらわした。雲間にキラリと機体が輝いた。第二航空艦隊の艦上攻撃機「彗星」である。

彗星は、降雨のカーテンのなかから顔をだした米空母「プリンストン」をとらえるや、迷うことなく急降下をはじめた。つぶてのような急降下であった。シャーマン隊は、米戦闘機が上空にいるため高射機関銃を撃つことができない。

彗星の急降下が高度一〇〇〇メートルをきった。彗星のパイロットは「悪魔のような熟練さ」で二五〇キロ爆弾を投下した。

「プリンストン」は軽空母である。

航空母艦は、大きくわけると「正規空母」「軽空母」「護衛空母」の三種がある。

航空母艦はひろい甲板を必要とする。しかも高速で長距離を航行できる性能をもつ。この大型の空母を建艦するには、気が遠くなるような建造費、膨大な維持費、そして大変な労力がいる。正規空母を一隻つくることは、国力が豊かなアメリカにとっても楽なことではない。そのため、小型で速力が早い空母が建造された。これが「軽空母」である。

おおざっぱに比較してみる。

| | 正規空母 | 軽空母 |
|---|---|---|
| 排水量 | 約三〇〇〇〇トン | 約一〇〇〇〇トン |
| 全長 | 約二七〇メートル | 約二〇〇メートル |
| 最大速度 | 約三五ノット | 約三〇ノット |
| 乗員 | 約二〇〇〇人 | 約一五〇〇人 |
| 搭載機 | 約九〇機 | 約四〇機 |

正規空母が大型バスだとすると、軽空母はマイクロバスである。軍艦でいえば戦艦と巡洋艦の関係に相当する。搭載機はすくないが、速度が速く、小回りがきく。しかも建造費が安い。

「護衛空母」は足がおそい「軽空母」だとおもえばよい。客船や商船などを改造してつくられる。大きさは軽空母とおなじであるが、速度は二〇ノット前後である。搭載機は二〇機くらいだろうか。上陸部隊の護衛や湾内の警戒などに使用される。

名前のとおり彗星のごとくあらわれた日本の艦上攻撃機がねらったのは、シャーマン隊の「軽空母」であった。

彗星は二人乗りである。一人が操縦し、ひとりが偵察となる。

このふたりのパイロットが放った一発の爆弾は、軽空母「プリンストン」の甲板に命中した。甲板上の飛行機が木っ端微塵にくだけちった。ガソリンが飛散し、火炎が艦体をつつんだ。その火が魚雷に引火した。最初の爆発でエレベーターがふきとび、そのあと飛行甲板を引き裂きながらつぎつぎと誘爆した。

さらに炎上がつづいた。火焔がつぎの大爆発へとつながり、ついには艦尾の大部分と飛行甲板を完全に吹き飛ばしてしまった。被害はそれだけにとどまらない。空中に飛散した鋼鉄の破片群が、ちかくにいた軽巡洋艦「バーミンガム」を襲い、甲板上にいた二〇〇人以上が即死し、四〇〇人以上が負傷した。

破壊された「プリンストン」は海にしずめられた。一発の爆弾による驚異的な戦果であった。

このときの彗星は敵戦闘機によって撃墜されたため、たれが乗っていたのかは今もわかっていない。

この彗星のパイロットは、味方からはなれ、単機で行動した。そして雲の上で戦闘がおわるのをまち、空中戦がおわるころをみはからって降下した。雲の下におりると敵空母がみえた。しかも敵戦闘機が着艦している。敵がみせた一瞬のすきをついて急降下を開始した。そして軽空母の甲板に爆弾を命中させた。見事というほかない。

昨日今日のった者には絶対にできない。歴戦を戦ってきた優秀なパイロットにしかできない芸当である。かず多くの空中戦を戦い、奇跡的に生きのこってきたベテランパイロットだったのだろう。

これまで一緒に戦ってきたパイロット仲間はみな死んだ。今回の出撃も未熟なパイロットばかりである。結果はみえている。

「どうせ死ぬなら最後にひとあわふかせてやる」

そう決意しての決死の攻撃だったのではないか。爆弾を放つ瞬間、

「くらえ」

と叫んだであろう。その声が聞こえてくるような気がする。日本海軍航空隊の意地の一発であった。

スリガオ沖海戦

シブヤン海で栗田艦隊をさんざんたたいたあと、ハルゼー艦隊は小沢艦隊を追う。「栗田艦隊は再起不能となって帰投した」とおもったのである。

そして、日本機動部隊による脅威をとりのぞくために、全速力で北方にむかい小沢艦隊を追った。ハルゼーの第三艦隊はフィリピン諸島から遠くはなれていった。

これによってサンベルナルジノ海峡のドアがひらかれた。

栗田艦隊はハルゼー艦隊の離脱をしらないまま、十月二十四日の日没まえに再反転し、サンベルナルジノ海峡をぬけて太平洋にでた。

右手にサマール島がみえる。そのむこうがレイテ島である。無理だとおもわれたレイテ湾突入が急速に現実味をおびてきた。

一方、栗田艦隊の片腕である西村艦隊は全滅へひたはしっていた。
レイテ湾につうじるスリガオ海峡には、第七艦隊が陣形をととのえてまちうけていた。その兵力は、旧式戦艦六、重巡洋艦四、軽巡洋艦四、駆逐艦二一隻であった。そのほかに三九隻の魚雷艇があちこちに配置されていた。
昭和十六年十二月八日、真珠湾攻撃により、アメリカは、
「ウエストバージニア」(着底)
「メリーランド」(破損)
「テネシー」(破損)
「カリフォルニア」(着底)
「ペンシルベニア」(破損)

「ネバダ」（擱座）

「オクラホマ」（沈没）、

「アリゾナ」（沈没）

という大損害を受けた。そのうち五隻が修理され、

「ウエストバージニア」

「メリーランド」

「テネシー」

「カリフォルニア」

「ペンシルベニア」

がスリガオ海峡にならんでいる。

その五隻に「ミシシッピ」をくわえた六隻の戦艦が、主砲をそろえて横隊に布陣した。いわゆるT字戦法である。

真珠湾で被害をうけた戦艦が戦列に復帰し、かつての連合艦隊が日本海でとったT字の陣形により西村艦隊をまちうけた。因縁というほかない。

西村艦隊と第七艦隊の戦い（スリガオ海戦）がはじまったのは、十月二十五日、午前二時三十分である。夜戦を得意とする西村中将は、栗田艦隊との同時突入をあきらめ、夜があけるまえに突撃を命じた。

その後の海戦は米海軍による演習のようにすすんだ。

西村艦隊は、航空機、魚雷艇、駆逐艦の連続攻撃をうけ、兵力を減殺されていった。そして、なおも前進をやめない西村艦隊に対し、真珠湾の海底からよみがえった戦艦たちの主砲が火をふいた。西村艦隊が全滅したのは十月二十五日の午前四時すぎである。

太平洋戦争において、日本海軍が夢とえがいた「漸減邀撃作戦」を演じたのは、アメリカ海軍の第七艦隊であった。

炎上する西村艦隊をみた後続の志摩艦隊は、突進の無益を悟り、数発の魚雷を発射したのち反転した。のこる突入部隊は栗田艦隊だけである。

小沢艦隊が予定どおりハルゼー艦隊から攻撃をうけたのは、十月二十五日、午前八時十五分ころである。

のちに「エンガノ岬沖海戦」と呼ばれるこの戦いでは、のべ約六〇〇機の攻撃をうけ、駆逐艦「秋月」「初月」、軽巡洋艦「多摩」、空母「瑞鶴」「瑞鳳」「千代田」「千歳」が沈没した。

小沢機動部隊は空母四隻すべてをうしなった。生きのこった艦は、「五十鈴」（軽巡洋艦）、「日向」（航空戦艦）、「伊勢」（航空戦艦）、「大淀」（軽巡洋艦）、「霜月」（駆逐艦）、「若月」（駆逐艦）、「槇」（駆逐艦）であった。

航空戦艦は、戦艦を改造して空母にしたものである。艦載機のかずは二〇機ほどである。アメリカ艦隊の軽空母に相当する。ただし、捷一号作戦のとき、「伊勢」「日向」とも、一機も搭載していなかった。

## サマール沖海戦と反転

十月二十五日、ふたたびレイテ湾を目指した栗田艦隊は、米艦隊がいないサンベルナルジノ海峡を通過し、サマール島沖にさしかかった。このときの戦力は戦艦四、重巡洋艦六、軽巡洋艦二、駆逐艦一一隻であった。

午前六時四十八分ころ、「大和」が三〇キロ以上さきに敵艦隊を発見した。これは、サマール島沖で上陸部隊を支援していたクリフトン・A・F・スプレイグ少将指揮の「護衛空母」であった。スプレイグ艦隊の戦力は、護衛空母六、駆逐艦三、護衛駆逐艦四隻であった。

栗田艦隊はこれを米軍の正規空母だと信じ、午前七時ころ攻撃を開始した。護衛空母が、「大和」の直撃弾をうけたのは、午前七時十分ころである。

この海戦は約二時間つづいた。そして護衛空母一隻と駆逐艦二隻、護衛駆逐艦一隻が沈没した。「大和」の主砲がしずめたのは、護衛空母「ガンビア・ベイ」であった。排水量約一万トン、全長約一五〇メートル、搭載機約三〇機のこの船には、約九〇〇人の将兵がのっていた。資料によると、死者は約一三〇人である。

栗田艦隊は逃げるスプレイグ艦隊を執拗に追撃した。しかし、スプレイグ艦隊は、駆逐艦の勇敢な攻撃とスコールを利用した巧みな艦隊運動によって逃げきった。

この艦隊は不運であった。栗田艦隊からにげきったスプレイグ艦隊がひといきついたころ、上空に数機の日本機があらわれた。午前十時四十五分ころであった。突如あらわれた零戦隊は、急降下をして護衛空母に激突した。

マバラカット基地を出撃した第一航空艦隊（二〇一航空隊）関行男大尉率いる零戦五機（敷島隊）の特攻隊であった。

この攻撃により、護衛空母「セント・ロー」が沈没した。さらにスプレイグ艦隊の不運はつづく。つぎにセブ島を出撃した特攻部隊の突入をうけ、護衛空母「カリニン・ベイ」に命中し、大被害をうけた。

この一連の日本の攻撃によって、スプレイグ艦隊の戦死者は約一二〇〇人をかぞえ、負傷者は八〇〇人におよんだ。飛行機の損失は約一〇〇機であった。


午前九時すぎ、栗田艦隊がスプレイグ艦隊の追跡をうちきった。栗田中将は艦隊をあつめ、午前十一時、レイテ湾への進撃を開始した。そして、このあと、

――栗田艦隊の北方約一〇〇キロの地点に敵の機動部隊がいる。

との電文がとどいた。この情報にもとづき、栗田艦隊はレイテ湾突入を中止し、反転した。

栗田艦隊は北上した。しかし、敵の機動部隊を発見することができない。

燃料がとぼしくなった。栗田司令長官は帰投を決意した。

十月二十八日午後九時三十分、栗田艦隊はブルネーの港に帰りついた。

## 栗田艦隊の反転について

栗田艦隊の喪失は、戦艦一、重巡洋艦五、軽巡洋艦一、駆逐艦三隻であった。ブルネー港についた栗田艦隊は、どの艦も傷ついていた。ただ一艦だけ、無傷の船がいた。駆逐艦「雪風」である。あれだけの空襲をうけながら一発の被弾もない。他の艦はヨレヨレになっていたが、「雪風」だけは元気に入港した。まことに不思議な船である。

さて、栗田艦隊の反転のことである。

栗田艦隊の帰投は、いまなお「謎の反転」といわれ、議論の的になっている。確かにレイテ湾に突入することは可能であったかもしれない。しかし、栗田長官はそれをしなかった。戦記を読むと、その行為を批判している文章をたまに目にする。わたしは一兵士だった。「大和」の砲塔のなかでわけもわからず戦っていた。むろん、反転の理由などわからない。その是非について論ずるつもりもない。

サマール沖海戦がおわったあと、栗田艦隊はブルネーに帰投した。そのあと艦隊は内地に帰還した。ひさしぶりの日本であった。

戦艦五、重巡洋艦一〇、軽巡洋艦二、駆逐艦一五隻

で出撃した栗田艦隊のうち、

戦艦四、重巡洋艦二、軽巡洋艦一、駆逐艦七隻

が無事にかえった。

生きてかえった兵たちは一万人以上に達する。一〇代の少年と二〇代の青年ばかりである。

栗田長官が反転を決意したことにより、このあと、一万人以上の若者が内地に帰ることができた。「大和」にかぎっていえば、内地に帰投後、約三〇〇〇人の乗組員に休暇が与えられ、家族とあうことができた。

わたしは栗田艦隊の反転のことを考えるたびに、このことが頭に浮かぶ。

レイテ沖海戦における栗田艦隊の行動は、これからも議論の対象となるだろう。その議論の結果、どういう結論に達するのかはわからない。しかし、栗田長官による反転の決断によって、多くの若者が生きのこったという事実を忘れてはならない。

わたしは、レイテ沖海戦のことを考えるとき、このことが一番大切なことだとおもっている。

# 第八章　沖縄特攻

## 対空砲火の強化

レイテ沖海戦のあと、ブルネーに帰港した「大和」はそのまま待機となった。

昭和十九年十一月八日、「スル海において、レイテ島への物資輸送の船団を護衛せよ」という命令がくだった。

しかし、各艦隊がうけた海戦の傷跡はふかく、整備も不十分である。油槽船の不足により燃料も欠乏していた。十一月八日に出撃したが、任務を果たせないまま、十一月十一日にブルネーにもどった。

ブルネーに帰投後、数日、厳しい訓練を実施した。そして、昭和十九年十一月十五日、待望の内地帰還命令がだされた。七月に内地を出撃してから五ヶ月ぶりの日本である。

日本をでるとき、自分は死ぬものとおもっていただけに、

（夢ではないか）

とおもうくらいうれしかった。

昭和十九年十一月十六日になった。今日、内地にむけて出発する。

帰還の準備であわただしいなか、

「空襲警報配置につけ」

と号令がかかった。Ｂ24爆撃機による空襲であった。

いよいよここブルネー海域もあぶない。

「主砲で応戦。他の砲はそのまま待機」

わたしは砲塔内でかまえながら主砲の轟音をまった。まもなくすさまじ斉射音が体をゆさぶった。他の艦も一斉に主砲を撃った。

「先頭の三機を撃墜。他は避退」

という情報がはいった。

港内がしずかになった。やがて「空襲警報解除」がだされた。

出港の日の空襲である。

（無事に日本にかえれるだろうか）

いいようのない不安がふいに襲ってきた。

夕刻、「大和」「長門」「金剛」「矢矧」と駆逐艦四隻でブルネー港をでた。

途中、海が荒れた。大きな波浪のかげに他の船がたびたび消えた。なにかにつかまっていないと立っていられない。巨艦ですらこのゆれである。駆逐艦は転覆するのではないかとハラハラさせられた。

五日がすぎた。荒天の海をこえて台湾沖を通過した。日本がちかい。もうすぐ生きて日本にかえれる。それがたまらなくうれしい。艦上にいる将兵たちの表情があかるい。緊張がとけ、気持ちがゆるみはじめた。

そのとき、ブルネー港で感じた予感があたってしまった。敵潜水艦の攻撃により、戦艦「金剛」と駆逐艦一隻が撃沈されたのである。昭和十九年十一月二十一日、夜明けまえのことであった。「金剛」は弾薬庫に引火して爆発をおこし、島崎艦長以下、約一三〇〇人が亡くなった。

戦死した将兵たちは故郷の家族とひとめあうことを夢にみていた。そしてここまできた。日本を目の前にしての戦死である。さぞかしくやしかったであろう。哀しかったであろう。わたしは、故郷を慕う若き霊たちが今も海をさまよっているような気がしてならない。

昭和十九年十一月二十四日、呉港に入港した。ひさしぶりの母港である。なつかしい呉の街がみえる。はやく上陸したい。しかし、上陸許可はなかなかおりない。「大和」はそのままドック入りとなった。

呉港に入港すると、わたしは、昭和十九年十一月一日付け海軍二等兵曹進級との辞令をうけ、下士官になった。

ドックでは、「大和」の損傷部の修理と対空火器が強化された。甲板はホースやコードで足の踏み場もない。ドック内は金属音と機械の騒音で耳がいたい。

「大和」の主砲は威力がある。しかし、欠点もある。近距離では撃てない。かすめとぶツバメのような敵機に対してはまったく無力である。船底の底を泳ぎまわる敵潜水艦にも対応できない。

味方の対空火器にたいする影響も大きい。主砲が撃つときには他の火器の活動が完全にとまる。とくに遮蔽物がない機銃員が退避しないでその場にいると、爆風でふきとばされてしまう。世界一の主砲と甲板に配置された対空火器をどうじにつかうことはできないのである。

「大和」の主砲は巨大であるがために「艦対艦」という限定した条件のなかでしか力を発揮できない。航空機中心の戦闘が展開されているこの戦争において、敵機が飛来しない海戦などない。それがマリアナ沖海戦、レイテ沖海戦を体験してわかった。

連合艦隊にはもう航空機がない。のこった戦艦がどんなに強くても、飛行機をもつ艦隊には勝てない。

わたしは、四六センチ主砲の砲口を空にむけたまま海に沈んでゆく「武蔵」を思いだした。

（いずれ「大和」とともに自分も沈む）

ドックのなかでそんなことを考えていた。

ドックでは、損傷個所の修理が行なわれた。また二五ミリ機銃三連装二一基（六三門）が増設され、先の戦訓から二五ミリ単装機銃が艦尾の二基をのぞいて撤去された。これによって対空火器は、

副砲

一五・五センチ三連装砲塔二基（六門）

高角砲

一二・七センチ連装高角砲一二基（二四門）

機銃

二五ミリ三連装機銃五〇基（一五〇門）

二五ミリ単装機銃二基（二門）

となった。機銃の合計は一五二門である。乗組員も増員された。

機銃のかずがふえるということは、甲板のうえに配置される将兵のかずがふえるということである。そのかずが約五〇〇人になった。

「大和」の全乗務員を三〇〇〇人だとすると、その六分の一が甲板上にむき身でいることになる。かれらは遮蔽物がない甲板で地獄の業火のような敵機の攻撃に曝される。

わたしは実戦を体験した。何隻もの戦艦や巡洋艦が沈没するのをみた。敵機の来襲は雲霞のごときであり、とても対空火器だけでは対応できない。機銃を増設したところで結果はおなじのようにおもえてならない。

士たちの共通のおもいであったとおもう。

（勝算があっての兵装強化だろうか。犠牲をふやすだけではないか）
一兵士として祖国のために戦うことだけを考えようとするのだが、どうしても不安な気持ちがわいてくる。そう感じたのはわたしだけではなかったであろう。死闘をくぐりぬけた兵士たちの共通のおもいであったとおもう。

レイテ沖海戦では一万人以上の将兵たちが海上の戦闘で死んだ。いずれも健康で体力にすぐれ、努力を惜しまない優秀な若者たちであった。

戦争では若者たちの死のうえにつぎの若者たちの死がつみあげられてゆく。

そして、戦闘がはげしくなればなるほど、人の命がかるくなり、そのかずが増してゆく。

栗田艦隊がひきあげたあと、レイテ島では凄惨な地上戦が展開された。そしてより多くの若者たちが死んでいった。レイテ島の戦いがおわるのは昭和十九年十二月二十日ころである。日本軍の死者は八万人におよんだ。戦死率は九五パーセント以上である。悪化しつづけた戦況は、ひとつの戦場で八万人もの人が死ぬところまで達したのである。

この時期、戦争の惨禍は前線だけにとどまらない。ついに日本の本土にまでおよんだ。昭和十九年十一月、大型爆撃機が東京空襲を開始したのである。発進基地はマリアナ諸島である。戦況は、日本人のたれもがおそれていた事態になっていった。

帰郷

日本全体が暗い戦雲につつまれたこのとき、わたしはうれしい命令をうけた。一時帰休がゆるされたのである。昭和十九年十二月のはじめのことであった。一年八ヶ月ぶりの帰郷となる。

わたしはおみやげをもって田舎に帰郷した。父も母もよろこんでくれた。ふるさとでの時間はあっというまにすぎた。母の手料理を食べ、父や兄弟と語り、なつかしい方々とあった。夢のような邂逅のときであった。

昭和十九年十二月七日、帰艦の日となった。肉親たちに見送られてバスにのった。父は無言であった。母は泣いていた。バスにのろうとしたとき、わたしはふいにたちどまり、母たちのほうにふりむいた。

荷物を地面におき、両手をあげた。そして、

「イッテキマス」

と手旗信号をおくった。惜別のあいさつであった。

バスにのった。バスが発進した。体がゆれはじめた。窓から顔をだしてみる。

母の姿がちいさくなってゆく。

肉親の姿も、ふるさとの景色も、これが見おさめになるだろう。その姿を、この景色を、いつまでも忘れないようにまぶたに焼き付けておきたい。わたしは窓から顔をだして遠ざかる母たちの姿をみつづけた。そして、ながれる涙を何度もぬぐった。

昭和二十年一月三日、「大和」が出渠した。

翌日から港内停泊となり、兵器の点検整備、砲弾丸の搭載、物品の整理をした。訓練もはじまった。実戦を経験した「大和」の乗務員の士気はたかい。練度も申し分なかった。

あるときの訓練では、全照明灯を消した状態で、「総員配置ニツケ」という号令がかかった。三〇〇〇人以上の将兵が配置場所にはしった。

このときに、

「号令をうけてから配置完了まで一分半しかかからなかった」

と能村副長からほめられた。

しかし、このときの兵たちの心境は複雑であった。副長の訓示をわれわれはうつむいて聞いていた。「大和」の乗組員は、僚艦「武蔵」が沈没する姿をみた。不沈艦の神話は崩れ去った。「武蔵」が沈むのであれば「大和」も沈む。飛来する敵機にはなすすべはない。

(つぎは「大和」だ)

まもなくつぎの作戦がはじまる。それがどんな作戦かはわからない。しかし、ゆくさきには必ず米軍機がまちうけている。

(われわれは死ぬ)

しずみゆく「武蔵」の姿とともに「死」という言葉が頭にうかぶ。

この時期、いいようのない重苦しい雰囲気が「大和」をつつんでいた。

あゆみよる死

昭和二十年二月十九日、硫黄島に米軍が上陸した。

昭和二十年三月十日、東京にB29が来襲し、大空襲をおこなった。この空襲により、二三万戸が焼失し、一〇万人の死者がでた。

昭和二十年三月のはじめだったとおもう。分隊長から、

「長男である者、または、自分が一家の中心とならねばならない事情を持つ者は申告せよ」

という指示があった。艦長と副長の配慮であった。

つぎの作戦がはじまる。その内容が過酷なものであることが分隊長の指示でわかった。

（いよいよきたな）

と緊張した。むろん次男であるわたしは申告しない。

昭和二十年三月二十四日、連合艦隊司令部から出撃準備命令がだされた。

そして、三月二十五日から二十八日のあいだ、「大和」の乗組員全員に自由上陸がゆるされた。これが最後の上陸になることは明らかであった。「妻子やお世話になった人にあってこい」と艦長らが気をつかってくれたのである。そのことを全将兵が感じとっていた。

刻一刻とそのときがちかづいてくるのがわかった。

連合軍の進撃はすさまじかった。昭和二十年三月二十六日、沖縄の慶良間列島に進攻した。

そして、昭和二十年四月一日には、沖縄本島の嘉手納海岸に上陸を開始した。

このとき大本営は、「航空戦力を徹底的に集中発揮し、進攻軍主力を撃滅する。この間、

極力皇土防衛を強化す」と発表した。特攻隊をくりだして上陸部隊を攻撃し、できるだけ敵の本土上陸を遅らせる、という意味である。

「本土決戦」の決意表明であるとともに、陣地構築や兵力の配置などの準備のために、できるだけ沖縄本島に敵をひきつけておきたいという意図がみえる。

九州各地からとびたった特攻機が、連日、嘉手納沖に停泊する連合軍の艦隊めがけて突入した。このとき、横浜の日吉台にあった連合艦隊司令部は「菊水一号作戦」を発動した。「大和」に対する出撃命令であった。

菊水作戦《きくすいさくせん》とは、連合軍を阻止するために実施された特攻作戦である。作戦名の「菊水」は楠木正成の旗印からとったという。

菊水作戦は第一号から十号までつづいた。

菊水一号作戦「第一次航空総攻撃」(四月六日〜十一日)
菊水二号作戦「第二次航空総攻撃」(四月十二日〜十五日)
菊水三号作戦「第三次航空総攻撃」(四月十六日〜十七日)
菊水四号作戦「第四次・第五次航空総攻撃」(四月二十一日〜二十九日)
菊水五号作戦「第六次航空総攻撃」(五月三日〜九日)
菊水六号作戦「第七次航空総攻撃」(五月十一日〜十四日)
菊水七号作戦「第八次航空総攻撃」(五月二十四日〜二十五日)

菊水八号作戦「第九次航空総攻撃」(五月二十八日〜二十九日)
菊水九号作戦「第十次航空総攻撃」(六月三日〜七日)
菊水十号作戦「第十一次航空総攻撃」(六月二十一日〜二十二日)

十号のあとも終戦まで、特攻はつづけられた。

沖縄近海の特攻は、海軍機は約九四〇機、陸軍機は約八九〇機が特攻を実施した。死者は、海軍が約二〇〇〇人以上、陸軍が約一〇〇〇人以上に達する。

この航空機の特攻とはべつに、「大和」以下の軍艦が特攻攻撃をする。出撃するのは、戦艦「大和」、軽巡洋艦「矢矧」、駆逐艦八隻、計一〇隻であった。

一〇隻の軍艦が、銃砲を撃ちながら沖縄に集結する連合軍に突入し、そのまま沖縄本島の海岸にのりあげ、陸上砲台となって砲弾がつきるまでうちつづけるのである。そこまでゆくあいだに飛行機の護衛はない。艦隊だけを死地になげこむ。もはや作戦ともいえない内容である。

「大和」は大日本帝国海軍のシンボルである。本当であれば、海軍の代表艦を一回きりの特攻につかうことは躊躇するはずである。しかし、「大和」をつかった特攻攻撃はすでに「捷一号作戦」で実施している。そのため、作戦を立案し、命令する上層部には抵抗がなかったのだろう。

「捷一号作戦をもう一度やるのだ」

ということだったのだろうか。

残存する連合艦隊をレイテ湾に突入させようとした「捷一号作戦」には、帝国海軍の死に花を咲かせて散ろうという終末思想が宿っていた。しかし、今度の作戦は宿るどころではない。終末思想そのものであった。

大本営が本土決戦を明確にうちだした。それを知った連合艦隊司令部は、

「内海で鉄くずと化すは帝国海軍の恥である」

と考え、艦隊による特攻作戦を決定した。

「大和」には三三〇〇人以上の将兵がのっている。陸軍でいえば一個連隊に相当する。軽巡洋艦の「矢矧」は約七〇〇〇トンの船で、七〇〇人以上の将兵がのっている。そのほかに八隻の駆逐艦が「大和」と行動をともにする。駆逐艦は約二〇〇〇トンである。おおむね二五〇人ほどの将兵がのっている。

これらを合計すると、約六〇〇〇人となる。これは、航空特攻による死者をはるかにうわまわる。一回の特攻で約六〇〇〇人もの死者がでるのである。当時の上層部の者たちに、そのことに対する迷いはなかったのだろうか。

特攻準備

昭和二十年三月二十九日、「大和」は呉港で弾薬や食糧をつみこんだ。砲火器、機関、レーダーなどの点検整備もおわった。そして、この日、三田尻沖にむけて出港した。

山口県の防府市に三田尻港がある。その沖の周防灘に沖縄出撃の艦隊が集合する。三田尻

沖からは豊後水道を南下して沖縄に突進する。呉の港内を「大和」がしずかに前進をはじめた。いよいよ出撃である。われわれは特攻隊である。生きて帰ることはない。

沖にむかう「大和」をみて、在泊艦船の乗組員たちが、帽子を振り、両手を振って激励と惜別のあいさつをしてくれている。

出撃まえ、わたしたち「大和」の乗組員は、陸にのこる兵隊たちから、

「貴様たち出撃できていいなあ。俺たちのぶんもたのむぞ」

「起死回生のために大暴れしてくれよ」

などと声をかけられた。

出撃する「大和」の任務は特攻であった。港にのこる兵たちの心境は、出撃する将兵たちに対する羨望と、特攻からはずれた安堵があった。かたや死地にむかうわれわれの胸中にあるのは、まもなく死ぬという悲壮感と、名誉ある死にいどむという高揚感があった。

のこる者の気持ちは複雑であった。征く者の心も混乱していた。

港で手をふる兵たちに、

「いってくるぞ。戦果をまっていてくれよ」

「われらなきあとを頼むぞ」

と、「大和」の甲板にでた兵たちが、手や帽子をふって応えた。

エールの交換はいつまでもつづいた。純粋な若者たちによる感動的な光景であった。

大切なわたしの思い出である。

しかし、今をいきる方々はこういった光景を「うつくしい」と感じてはならない。

わたしは戦時中に生まれ育った。そして兵隊になった。兵隊になるとどんな命令であってもしたがわなければならない。それが軍隊であり、戦争である。「特攻せよ」と言われれば、それにしたがうしか道はなかった。

死にむかう兵たちは、戦って死ぬことを美しいことだと考えていた。「死」に陶酔するしか精神を支える方法がなかったのである。そして、「祖国をまもるために死ぬことは尊いことなのだ」と信じた。あるいは、信じようとした。

だから当時の若者たちは、死地にむかう船にのることを名誉だとおもった。

むろん、すべての者がそうだったわけではない。しかし、「大和」の艦上にある将兵たちに共通していた気分をいま考えると、そうだったのではないかと思う。

わたしたちは、戦時中の価値観のなかで育ち、その価値観から外にでることができなかった。当時の若者たちは勇気をふりしぼって死んでいった。みな立派だった。しかし、それは美しいことではない。むなしいことなのである。特攻で死んだ若者たちはまぎれもなく勇士であった。しかし、その死を称賛してはならない。むなしい死だとして哀しむべきものなのである。

死を美化してはならない。

戦争で死んだ若者たちの死を「うつくしい」と感じる心をもてば、自分の精神もまた死に陶酔する性質をもちはじめる。その心は、やがて戦争を肯定するものになる。

戦争で死んだ若者たちの精神を讃えることなく、戦場で命をおとした若者たちの無念を感じてほしい。そして二度と戦争をしないことを誓っていただきたい。

それがなによりの供養となるだろう。

「大和」は三三三二人をのせて、しずかに港をでた。

甲板から呉の街や島々の緑をみる。ふたたびこの景色を眼にすることはない。そう思ったときの気持ちは言葉にできない。死にむかうときの心境は体験した者にしかわからない。重く。苦しく。辛い。じっとしていると死の恐怖におしつぶされそうになる。

それを救ってくれるのが訓練である。三田尻沖に着くまでのあいだ、各砲ごとにきびしい訓練が実施された。仲間と汗をながす瞬間がすべてを忘れさせてくれる。われわれはちかづく死の影をうちはらうかのように一心不乱に訓練にうちこんだ。

「対空戦闘、右三〇度。来襲する敵機」

「撃ち方はじめ」

実戦さながらの訓練である。

「四番砲員、弾丸がおそい」

と怒号がとぶ。

「はい」

と砲員がそれに応える。

右に左に旋回しながら砲戦訓練を実施する。わたしは信管手の配置にいて、目を皿のようにして指示針を見ていた。指示針はうごきが早い。全神経を集中しなければならない。

「信管手、いいか」

と声がとぶ。

わたしは必死に追針をあわせて、

「信管よし」

と大声をだす。

火がでるような訓練をしながら、「大和」は内海を航進した。

## 死地への出撃

三田尻沖についた。

巡洋艦の「矢矧」がいる。駆逐艦「雪風」の姿もある。そのほか、駆逐艦「冬月」「磯風」「浜風」「涼月」「初霜」「霞」「朝霜」がいた。いずれもレイテ沖海戦でともにたたかった僚艦である。なつかしい船ばかりであった。

昭和二十年四月五日、十五時十五分。

「総員集合。前甲板」

と艦内放送があった。すべての将兵が集合した。

走って集合したためみんなの顔が上気している。頰を赤くした若者たちがならんだ。

「大和」の甲板は広大である。三三三二人が整列してもまだ余裕がある。

「大和」は「呉鎮守府」に属していた。そのため乗組員は愛知県から山口県までの出身者がほとんどであった。

わたしも整列した。空気がはりつめている。たれもしゃべらない。咳ひとつしない。これまでとはまったくちがう空気が甲板をつつんでいた。

有賀幸作艦長が姿をあらわした。壇上にたった。全員が敬礼した。有賀艦長が答礼した。そして、連合艦隊司令長官の訓電をよみあげた。一語、一語、かみしめるような読み方であった。

「ここに海上特攻を編成し、壮烈無比の突入作戦を命じたのは、帝国海軍海上部隊の伝統を発揚するとともに、その栄光を後世に伝えるためである」

訓電は、「大和」が特攻隊になったことを明言した。

わたしは、緊張と恐怖のため顔の皮膚がぴくぴくふるえた。

うすうす感づいてはいた。しかしそれは憶測であった。それがいま作戦として命令された。かすかにあった特攻回避の期待がうちくだかれた。そして一〇艦で適地に突入することがきまった。わたしは、平常心を保つことができなかった。

「やはりそうか」

うめくような声がもれた。われわれは、

（この体を祖国に捧げ、殉死する覚悟ができている）

つもりであった。しかし、いざそのときがくるとやはり苦しい。

有賀艦長の訓示はつづいている。

「出撃にあたり、いまさら、あらためて何もいうことはない。全世界の人びとが、われわれの一挙一動に注目しているであろう。ただ全力を尽くして、任務を達成し、全海軍の期待に添いたいと思う」

有賀艦長は、「大和」最後の艦長である。「大和」とともに死ぬ任務を負っている。

迫力に満ちた艦長の言葉はわたしの心をゆさぶった。


訓示がおわった。有賀艦長がしずかに壇をおりた。ひとり艦長室にむかってあるいていった。わたしたち将兵の視線は艦長の背に注がれた。

有賀艦長の人柄あふれる声と淡々とした態度をみて、わたしの気持ちも落ちついた。

（この命は、艦長におあずけするのだ。「大和」と運命をともにして戦うのだ）

と自分に言い聞かせた。

有賀艦長のあと、能村次郎副長が壇上にあがった。いつもは温厚な副長が今日は別人のように厳しい顔をしている。

「日ごろの訓練結果を思う存分、発揮し、戦勢挽回の神風大和となろう」

とはげしい口調で訓辞をされた。

われわれはしおたれてはいなかった。笑顔を忘れなかった。元気をだそうとみんながんばった。

「くるものがきた」

「死なばもろともだ」

「『武蔵』の敵討ちだぞ」

艦内いっぱいに闘志が満ちあふれた。

「よし、やってやる」

わたしの五体にも熱い血がかけめぐった。

訓示のあと、艦内は出撃の準備であわただしくなった。可燃物の処理。私有品の下甲板格納。各部の点検。船内の清掃と整理。作業のあいまをみて、各人は下着と服装をすべて清潔なものに着替えた。

この日、日没後、午後六時ころだっただろうか。

「各部隊、酒を受けとれ」

という放送が艦内スピーカーからながれた。それから、「酒保あけ」の放送があった。

「大和」乗組員三三三二人が全員、酒を飲んでよいという命令であった。

有賀艦長と能村副長のあたたかい配慮であった。

各班でそれぞれ宴会がはじまった。あちこちで歌もではじめた。たまりにたまったエネルギーを爆発させるような大宴会であった。

星と桜

二十一時、

「今日はたいへん愉快であった。よろしい。これでヤメヨ」

艦内スピーカーから副長の声がながれた。宴会はピタリとおわった。

全員で後片付けをした。春の夜空はよく晴れていた。艦内がしずかになった。就寝まですこし時間ができた。わたしはひとりで甲板にでた。春の夜空はよく晴れていた。今夜もまた、いつもと変わらない星が空にまたたいている。酒にほてる頬を風がなでるようにふく。夜風が気持ちがよい。

みあげれば艦橋が夜空にそびえ立つ。左右に出された二一号電探が休まずうごいて周囲を警戒している。右舷六基の高角砲の砲身が角度をそろえ、星空にむいている。

海も空も艦上もしずかである。

(この甲板も、あの艦橋も、明日には鮮血にそまる)

レイテ沖海戦でみたあの光景がふたたび目のまえに現出する。それは避けることのできない未来であった。そのときにとびちるのは私の血であり肉である。今度は、無事ではいられない。

(いよいよだな)

星をみながらそんなことを考えていた。気持ちはおちついていた。

満天の星をみていると、教え子たちや同僚教師の顔がうかんできた。大きな星は先生たちの顔に、小さい星は子供たちの顔になる。ひときわ大きくかがやくのは栄子先生の顔であった。

その星をじっとみた。栄子先生の輪郭がくっきりとうかぶ。黒目がちのうつくしい瞳がわたしをみつめる。やさしい笑顔をうかべている。いまにも話しかけてきそうだ。わたしもそれに答えて声をだしそうになる。

「坪井兵曹じゃないですか」

びっくりしてふりむいた。わたしとおなじ師徴兵である広岡兵曹がたっていた。

広岡兵曹は岡山出身である。わたしより少しおくれて「大和」に乗艦してきた。丸い体をした大柄な男である。性格は温和でおっとりしていた。子供たちから人気があったであろう。わたしと広岡兵曹はおなじ教師出身ということもあり、仲がよかった。

「やあ、ちょっと酔いをさましていたんだ」

すこしあわてながらわたしが答えた。広岡兵曹がわたしの横にたち、

「いい風ですね」

と、星空をみあげていった。いつものおだやかな声であった。

それから二人で教師時代の話しをした。戦争さえなければ二人はちがう場所で教員の道をあるいていた。知りあうはずがない二人が、「大和」の甲板に立って話しをしている。それがひどく不思議なことのように感じた。

もどらなければならない時間になった。

話しは尽きなかったが広岡兵曹とわかれ、わたしは砲塔に帰った。

その夜、燃料搭載作業が夜を徹してつづけられた。それと併行して、病人、戦闘配置に慣れていない補充兵、乗艦まもない少尉候補生たちがしずかに退艦していった。かれらは特攻をまえにして艦をおりた。その心境はどうだったであろうか。かれらを見送る将兵たちの気持ちはどうだったであろうか。

昭和二十年四月六日、午前中、配置場所の兵器の点検をおこなった。

各部をみがき、油をさし、可動状況を再確認した。

それがおわると家族や友人への手紙を書く時間があたえられた。遺書となる手紙をみな一生懸命に書いた。爪や頭髪を切って手紙のなかに入れる者が多かった。

わたしも故郷の両親あてに手紙をかいた。そして、切りとった頭髪を白紙につつんでいれ、歌を一首そえて封をした。

身はたとい　南海の果てに水漬《みず》くとも
永久《とわ》に護らん　産土《うぶすな》の祖国《くに》

平次二十二歳記

水漬くとは「水につかる」、産土とは「生まれた土地」という意味である。

特攻にむかう二二歳の若者がつくった精一杯の辞世の句であった。

同日、十六時四十五分、「大和」は三田尻沖を出撃した。

満開のサクラが点在する島々のそこかしこに咲いている。サクラの花びらひとつひとつが、われわれの出撃をみおくってくれているような気がした。

「大和」特攻

「神風特攻隊」と書かれた白いはちまきが配られた。それを額にしめた。そして、配置員全員でもう一度、各部の点検と各自の任務をたしかめあった。

出撃の艦は、
戦艦「大和」（旗艦）

巡洋艦「矢矧」

駆逐艦「冬月」「雪風」「涼月」「磯風」「浜風」「朝霜」「初霜」「霞」

であった。総勢、約六〇〇〇人。

太平洋戦争中、航空機はほぼ全機種が特攻攻撃につかわれた。そのほかに人間魚雷といわれた回天や戦車特攻あるいは震洋（ボートを改造したもの）などの海上特攻などもあった。空、陸、海上、海中における特攻隊で死んだ将兵の総数が、約六〇〇〇人だといわれている。

このなかに「大和」特攻ははいっていない。

沖縄にむかう一〇隻の軍艦にのる将兵の数が約六〇〇〇人であった。戦時中に亡くなったすべての特攻隊員の総数にひとしい。

「大和」にのっていたのは将兵だけではない。割烹手、洗濯手、理髪手、裁縫手らの軍属ものっていた。軍属とは民間から徴用されて軍の仕事を手伝う者のことをいう。割烹手とは料理人のことであり、洗濯手はクリーニング屋、理髪手は床屋、裁縫手は裁縫屋である。それぞれ手に職をもったプロの職人たちである。

かれらは戦闘がはじまると「応急員」となる。応急員はあらかじめきめられた配置先において将兵たちを助ける任務をもっている。かれらには戦闘配置の場所がきめられていたため、艦から降りることなく特攻隊の一員となって沖縄にむかった。そしてそのほとんどが死んだ。非戦闘員であるかれらを死なせることになんの意味があったのだろうか。

夕食のあと、「大和」の全乗組員が前甲板に集合した。

能村副長が最後の訓示をおこなった。つづいて、全員で君が代を斉唱し、万歳三唱をした。そのあと戦闘服に身を固めたわれわれは、両手をあげて振り、父、母、弟妹、妻、子、恋人、恩師、友人そして祖国に、わかれのあいさつをおこなった。

陸がしだいに艦尾のむこうに消えてゆく。

ふいに歌がはじまった。歌は口々に伝わり、ついには全員で高唱となった。

　さらば祖国よ　栄あれ

はるかにおがむ　宮城の
空にちかった　この決意
海ゆかば　水漬く屍
山ゆかば　草むす屍
大君の辺にこそ死なめ
かえりみはせじ

暗くなってゆく海に、将兵たちの合唱がひろがっていった。

心のぬえ

特別攻撃艦隊が沖縄をめざして出撃を開始した。

「矢矧」が先頭、「大和」がしんがりである。あいだに八隻の駆逐艦が一列にならんでいる。

航路は、三田尻沖→速水瀬戸（豊予水道）→豊後水道→大隅海峡→沖縄である。

いくつものせまい水路を航進する。水道は屈折している。巨艦の操艦はむつかしかったであろう。

「武蔵」はサンベルナルジノ海峡をぬけて太平洋にでるときに海にたたきしずめられた。

「大和」も「武蔵」とおなじ運命をたどるのだろうか。

夜の航進がつづく。豊後水道をぬけた。艦が右に大きくかたむきはじめた。いわゆる「之字運動」である。敵潜水艦からの攻撃をさけるためにわざと針路をまげているのである。このころになると日本列島の制空海権も敵の手中にあった。九州と本州の海にも敵の潜水艦が自由にうごきまわっているのである。

レイテ沖海戦では、森下信衛艦長がみごとな操艦で無数の爆弾と魚雷を回避し、「大和」の人的、物的損害を最小限に食いとめてくれた。それはまさに神業であった。

その森下艦長は、今回の出撃では艦隊参謀長として艦橋に立っておられる。参謀長の目が、「大和」を敵潜水艦からまもってくれるだろう。

真っ黒い闇につつまれた日向灘を燈火管制で南進する。緊張がつづいた。夜食にお汁粉がくばられた。あちこちで汁をすする音がする。

「うまい」

声がもれる。燈火管制のため灯りはないが、闇になれているため動作に支障はない。戦友たちの表情もよくみえる。

この日の夜食はとにかくうまかった。

冗談がでる。笑顔がこぼれる。これまで生死をともにしてきたこの戦友たちとこれから死ぬ。それが尊いことのようにおもえた。

夜食を食い終わるとその場所で休憩にはいった。

ここにくるまで訓練と特攻準備で目がまわるほどいそがしかった。それにくわえ、祖国に殉ずるという興奮、迫る敵への復讐心、わきあがる望郷の念、生への執着心から生じる迷い、そして間欠的におそってくる死の恐怖など、精神的な葛藤で気持ちがくたくたに疲れきっていた。そのため休憩にはいるとすぐに寝息が聞こえはじめた。

人の心はえたいのしれないぬえのような生き物である。たえずその色を変え、かたちを変え、自分の意志にはしたがわない。わたしの心もたえずうごめいていた。

出撃前にあった高揚感が消えた。戦友たちと夜食をたべたときに感じた充実感もない。今あるのは疑問である。なぜ、という言葉があたまにうかぶ。

配置についたまま戦友たちが眠っている。みな二〇歳前後の若者たちである。死を間近にひかえているとはおもえない穏やかな寝顔であった。戦争がなければここにはいない。みな母がいる家のふとんにくるまって眠っているはずであった。それがこうして戦闘服に身をかため、鉄の上で体をくの字にしてねむっている。

その鉄は、巨大なスクリューをまわし、海水をまきあげながら死地にむかっている。

(なんのために。だれのために)

という疑問が、打ちけしても打ちけしても頭にうかぶ。

われわれは修羅の地にゆく。命を捨てに戦場にむかう。

(不惜身命は、果たして、本当に、ひとりひとりの真実の心なのか)

暗闇のなかでひとり思考がかけめぐる。

わたしはひざをだいてすわっていた。ひざのあいだに顔をうめた。眼をとじた。「大和」の機関のひびきがわたしの鼓動とかさなる。自分の体が「大和」と一体となってゆくように感じた。ふいに故郷の景色がうかんだ。

幼いころの思い出やできごとがつぎつぎとうかぶ。その情景は、まるでアルバムをめくるように鮮明であった。風呂の水汲みをせかす母の声。嬉々としてあゆとりにむかう父の背中。山や川を縦横無尽に遊びまわる幼なじみたち。

眼をあけると、砲塔の壁面が映画のスクリーンになってなつかしい顔がうかんだ。

人間は、死ぬ前に走馬燈のように過去を思いだすという。

（このことだろうか）

わたしは眼をとじてひざに顔をうめた。「大和」の機関の震動音が規則正しく体につたわる。

（雨が心配だな）

急に明日のことが心配になった。

四月初旬は「菜種梅雨」の時期である。雨と雲が多い。

高角砲を撃つには晴天がのぞましい。天気がわるいと目標がつかめない。

（神よ、われに力をあたえたまえ）

わたしは祈った。そして、

――雨雲のない海上で思いっきり撃ちたい。

とねがった。くりかえし、くりかえし、そのことをいのるうちに、いつしか眠りの淵におちた。もうたれの顔もうかばなかった。

敵機接近

昭和二十年四月七日、朝をむかえた。

空をみた。雲があつい。波浪のうねりもたかい。

艦隊が敵機を捕捉して攻撃するには不利な条件である。

(これでは三式弾がつかえない)

厚くたれこめる雲が憎くてならない。

三式弾は、なかに六〇〇〇以上の焼夷弾がつまっている。この弾を飛来した敵機にうちこむ。敵機の群れのなかで炸裂すると焼夷弾が飛散し、長さ一〇〇〇メートル、幅四〇〇メートルの円錐形にひろがる。そのなかにはいった敵機はすべて粉砕されるはずである。この三式弾は、一砲塔に九〇発、全部で二七〇発搭載されていると聞いていた。

この強烈な威力をもつ砲弾を、「大和」の主砲が四万メートル照準で撃てば、艦隊上空に一機も近づけないはずであった。

しかしこの雲ではそれもつかえない。つかえないとなると三式弾は弱点となる。敵の魚雷攻撃によってこの弾が爆発すれば、「大和」の艦体はまっぷたつにちぎれて海にしずむ。

雲をにらむわたしの胸中には、新型砲弾をつかえないくやしさと、「大和」に搭載したまま敵機の来襲をうける不安がまざっていた。

午前六時ころ。水上飛行機をカタパルトから海面におろす作業がはじまった。

飛行機が海上におりた。エンジンがかかりプロペラが回転をはじめた。機体が海面をすべり速度をあげてゆく。ふわりと機体がうき、高度をあげて「大和」の上空にまいあがった。甲板にいた将兵たちが手をふる。飛行機も翼をふってわかれをつげた。

「大和」からとびたった飛行機は地上の基地へむかう。貴重な飛行機の喪失を防ごうとする艦長のはからいであった。わかれのあいさつをした飛行機は、やがて北へ消えていった。


午前七時すぎ。大隅海峡をぬけた。

雲がひくい。視界不良のまま東シナ海にはいった。

一隻の輸送船とすれちがう。さかんに信号を送っている。

「健闘を祈る」

と送ってくれたのだろうか。

輸送船が小さくなってゆく。一筋の航跡が帯のようにひかれている。その白い水の尾がいつまでも眼にやきついて消えなかった。

午前八時十五分、敵機に発見されたという情報がはいった。

このとき駆逐艦「朝霜」が機関の故障により遅れはじめた。二〇〇〇トンの駆逐艦にとって、艦隊と離れることほど辛いことはない。敵の制空海権のなかで漂流することになれば、たちまち海にしずめられる。わたしはおくれてゆく「朝霜」をみながら無事を祈った。

戦後の資料によると、「朝霜」はおくれながらも単艦で沖縄にむかったようだ。そして、この日の午後十二時すぎに、「敵機と交戦中」との無電を発したあと連絡が途絶えた。米空母艦載機の攻撃によって東シナ海にしずんだとおもわれる。

生存者がいないためその最後はわからない。

乗組員約三三〇人。全員戦死した。一人も生きのこった者はいなかった。

陽がたかくなった。

わたしは今か今かと敵機をまった。気がつくと脂汗をベットリと両手にかいていた。敵はこない。十二時まえになった。昼飯がくばられた。ひとりあたり、握り飯三個とたくあんふたきれ、それに缶詰の牛肉ひときれであった。これが最後の食事になる。

兵たちは、配置についたまま話しをする。とりとめもない話しであった。なにかしゃべっていたほうが気持ちがおちつくのである。だまっていると恐怖におしつぶされてしまう。本能的にそれをしっているわれわれは、努めて明るい表情で会話し、笑いさざめいていた。

主砲弾一一七〇発
副砲弾一六三〇発
高角砲弾一万三五〇〇発
機銃弾一五〇万発

これが「大和」の全弾である。

沖縄をめざす海の要塞は、これからどんな戦いをみせるのであろうか。果たしてその威力を発揮することができるのであろうか。

## 来　襲

昭和二十年四月七日、午後十二時十五分。

「対空戦闘、配置につけ」

戦闘準備の命令が艦内にひびきわたった。ついにときがきた。

艦が急速に増速した。機関の音がいちだんと高くなる。

「大和」の将兵たちが配置につく。異常な緊張感につつまれた。小刻みにふるえる手をおさえながら、「撃ち方はじめ」の号令をいまかいまかとまつ。

この日、神は勝者に味方するようだ。雲はまだ低い。われわれは不運であった。

午後十二時三十五分、九州坊の岬の沖。

「敵機上空、突っこんでくる」

見張り員の叫び声がひびく。

(きた)

声にださずに叫んだ。

「撃ち方はじめ」

号令がかかった。戦闘がはじまった。

ダッダッダッダッダッ。

「大和」艦上の機銃たちがいっせいに火をふいた。

ドォーン、ドォーン、ドォーン、ドォーン。

高角砲もこれにつづいた。

轟音と震動がすごい。おだやかな春の海がすさまじい戦場にかわった。

爆弾が投下される。たかだかと水柱があがる。

わたしの恐怖心もはじけとんだ。正確に作動する機械のように信管手の仕事にうちこんだ。

雨雲のため主砲は撃てない。新型砲弾を搭載したまま戦闘にはいった。

「大和」の両舷の対空火器が逆さスコールとなって上空の敵機に吹きあがる。

この日、来襲した敵機は、
　爆撃機＝カーチスＳＢ２Ｃヘルダイバー
　雷撃機＝グラマンＴＢＦアベンジャー
であった。

これにグラマンＦ６Ｆヘルキャットなどの戦闘機もくわわった。

そのかず二〇〇以上であった。一〇隻の艦隊を攻撃するにはありあまる戦力である。

三年間で腕をあげたアメリカのパイロットたちがつぎつぎと急降下し、爆撃、銃撃、雷撃を順番にくりだしてくる。

「大和」の前後左右で水柱が林立する。その水の林のあいだを艦隊がかけぬける。転舵がめまぐるしい。艦体が左右にたえずかたむく。

滝のような水が甲板におちてくる。その水の量があまりに多いため、

(海中にしずんだか)

とおもう瞬間もあった。

轟音と震動が体をゆさぶる。爆発音と炸裂音が耳をつんざく。

吹き上がった水柱がくだけおちる。甲板にあふれた海水が砲塔内に流れこみ、体が壁にたたきつけられる。

極度の緊張が沸点に達した。恐怖心は完全にきえた。そして、異常な興奮のなかで気持ちはおちつきをとりもどした。レイテ沖海戦のときになった戦場における兵隊の心理である。

三番、四番砲員が弾丸を搬送して二番砲員に渡す。一発二三キロの高角砲弾が間断なく撃ちだされる。撃ちだされるたびに空薬莢が後部にはねとぶ。砲塔下の空間に空薬莢が転がり込んでけたたましい音をたてる。

「敵機よ、落ちろ」

「当たれ」

念ずる気持ちがいつしか声となる。わたしも当たれと祈りながら、敵を呪いながら信管を切る。となりの一一番高角砲もやすみなく撃ちつづけている。その音が心強い。

それにしてもアメリカのパイロットは勇敢であった。ときに航空眼鏡をかけた赤い顔がは

っきりみえる。時速三〇〇キロ以上で突っこんできて、艦上すれすれを飛んで弾を撃ち込み、爆音をのこしてとびさってゆく。

「いったか」

とおもうまもなくつぎの敵機が突っこんでくる。命しらずの波状攻撃であった。

敵機に最初に狙われたのは機銃である。

まず艦上の対空放火をしずかにしてから、「大和」をしずめにかかろうとしているのだろう。そうはいくかと機銃員たちも憑かれたように弾を撃ちつづけている。

戦闘がはじまってまっさきに死ぬのは裸一貫で敵機と勝負する機銃員たちである。おそらく艦上は凄惨な状況となっているはずである。

午後十二時四十分ころだったか。

異様な衝撃が体をつらぬいた。直撃爆弾である。きなくさい臭いと赤茶色の煙が砲塔の後部空間にながれこんできた。

「心配するな。だいじょうぶだ」

「みんな、ひるむな」

と声をかけあうが、弾丸の発射音にかきけされて届かない。そのため手信号でおたがいの意志を伝える。

いまのところ五番砲塔内の兵たちは全員元気だった。弾丸も快調に発射されている。

あたっているかどうかはわからない。

わたしは自分の仕事に集中していた。細かくゆれうごく信管指針をカッと見すえ、ベットリと汗をかいた手で針をあわせる。あれくるう戦場で全神経を集中しての作業である。三番、四番砲員はゼエゼエと荒い息をはいて砲弾をはこんでいる。中腰で走りつづければならない。敵弾にあたるまえに心臓がはれつしてもおかしくない重労働である。

ガラーン、ガチャーン。

撃ちガラ薬莢が勢いよく後方にはねる。

ズドォーン。

とにぶい音がした。それとどうじに艦がぶるぶるとふるえた。反対の舷に魚雷をうけたようだ。昭和十八年十二月二十四日の夜、トラック島近海でうけた魚雷攻撃の震動とおなじであった。

(とうとう魚雷をうけた)

しずんでゆく「武蔵」の姿が頭にうかんだ。


午後十二時五十分ころ、敵機の攻撃が止まった。

第一波の攻撃がおわった。敵機は厚い雲のなかに消えていった。

ふう、と息をつく。どうやら生きのこったようだ。

「さあ、つぎにそなえろ」

たれかが叫んだ。

われわれは砲塔の整備点検をいそいだ。そのあいだに被害の情報がはいってきた。「大和」は、魚雷を左舷に一発うけたほか、爆弾が後部にある電探室に二発も命中し、電探室にいた全員が即死した。ひとかけらの肉片も一滴の血ものこらなかったという。

艦上のすごさは想像した以上であった。

爆弾が命中すると無数の鉄片が弾丸となってとびちる。鋼鉄の破片に体をうちぬかれた将兵たちが無残な姿をさらす。それはものすごいものであった。手足がちぎれる。頭が割れる。首が切れる。爆風でふきとばされた兵は目玉がとびでた姿で壁にはりついて死んでいた。足の踏み場もないほど死者がでた。重傷者も続出した。

僚艦「矢矧」も重大な損傷をうけているという。数隻の駆逐艦がすでに沈んだという情報もはいってきた。つぎは「大和」に攻撃が集中する。戦闘準備を急がなければならない。

## 魚雷集中

午後十三時十八分、第二波がきた。ふたたび戦闘がはじまった。

このあと「大和」は第八波までの攻撃にさらされる。第二波から徐々に攻撃は「大和」に集中してきた。敵は左舷をねらっているようだ。左舷から撃ちだす機銃の発射音も衰えてきた。あいかわらず雲がひくい。その雲のなかから戦闘機があらわれて急降下し、ふたたび雲のなかにきえる。照準するヒマもない。軒下を飛ぶツバメを網をもって追うようなものである。

「くそ野郎」

くやしさのあまり、たれかがいぎたない言葉でののしった。

軽巡洋艦「矢矧」が沈没したという情報がはいった。

航空機による艦船攻撃の有効性を世界に証明したのは、日本であった。「真珠湾攻撃」とそれにつづく「マレー沖海戦」によって世界戦史をぬりかえた。

それがいま、アメリカの飛行機によって「大和」が沈められようとしている。なんという皮肉であろうか。なんという運命のいたずらであろうか。

ズォーン、ズォーン。

と魚雷の命中音と震動が腹にひびく。敵はあきらかに左舷に魚雷を集中している。

「武蔵」の攻撃では左右均等に魚雷を撃ちこんだ。そのため沈没まで時間がかかった。大艦のしずめかたを学んだ敵は、「大和」の左舷に攻撃を集中した。短時間で撃沈しようとしているのである。

右舷の火器はまだ健在であった。敵機は右舷を避け、左舷のみに攻撃を集中する。このため、艦上の左右の被害も対照的となった。右舷は無事な者が多く、左舷で生きのこっている者はすくなかった。

わたしの砲塔は右舷である。幸運であった。

「左にかたむいてきたぞ」

と、たれかがいった。

たしかにかたむいている。沈没の予感が頭をかすめる。

爆弾による火災もひどくなってきた。炎と硝煙が「大和」をつつみはじめた。艦上は焦熱地獄となった。

「おい、一一番砲塔がしずかだぞ」

隣の砲塔から発射音が聞こえない。

「たれか見てこい」

上出班長が命じた。四番砲員が走った。

「班長、全員戦死しています」

帰ってきた四番員が大声で叫んだ。

上出班長はうなずき、あとは無言で照準鏡をのぞいた。一二番砲員の一二人は、眠っているようだったという。至近弾をうけたのであろう。砲塔のすぐ下にみえる甲板の状況もすごかった。機銃はやけただれて赤茶色になっている。猛烈な熱によって飴のように折れ曲がっているものもあった。

立っている者はいない。みな死骸となって横たわっている。五体ととのっている死体が一体もない。肉片が散乱し、鮮血がながれ、甲板は赤黒い文様でぬりつぶされていた。

元気な兵たちが少し目を離したすきに死者となって無残な姿となっている。わたしはおもわず眼をそらした。幸いにして五番砲塔は全員元気だった。

「撃てるうちは撃とうぜ」

「弾はとなりからもらえ。敵討ちだ」

訓練どおりに射撃を繰りかえす。

また、魚雷の命中音がした。

艦内にいる機関兵たちのことが頭をかすめた。彼らは悲惨である。

魚雷命中の破裂口からはごうごうと海水が流入する。水線下に配置された兵たちは、きつく閉じた防御扉蓋の内側にとじこめられる。刻々と水かさがましてゆく。無傷のまま、生きたまま、足もとから海水が満ちてゆき、やがておぼれて死ぬ。そのかずは何人くらいだったのだろうか。機関兵たちの死に方もまたむごかった。


第二波の攻撃が「大和」に致命傷をあたえた。艦体が大きくかたむいてきた。

各治療室は重傷者でいっぱいとなった。浴室は臨時の死体収容所となった。

左舷の甲板には、胴体からちぎれとんだ手足が散乱し、脚がとびちり、首のない胴体がよこたわり、あちこちに若者たちの頭部がころがっている。ながれたおびただしい血は甲板をおおい、血液が凝固をはじめ、粘液の皮膜となっている。いたるところにどこの部分かわからない肉片がとびちっている。

爆風で木の葉のようになって海上にとばされた兵も多かったと聞く。おちてきた水柱の海水とともに海にながされた者も多数にのぼるだろう。

戦争とは、こんなに悲惨で無残で容赦のないものなのである。かっこいいものでも、美しいものでもない。

戦争では価値観もゆがむ。人を殺傷し、無数の命をうばった者が英雄として称えられる。こんなにおろかな表彰が他にあるだろうか。もし、子供たちに、「なぜ、人を殺してほめられるの」と聞かれたとき、なんと答えればよいのか。

第二波が去った。すぐに第三波がきた。

「撃ち方はじめ」

生きている高角砲と機銃が火をふく。そのかずがすくなくなった。空をみると雲がきれはじめた。しかしもうおそい。主砲も副砲も撃てる状況ではない。右舷の火器だけが健在であった。弾丸はあるが兵隊のかずが足らない。浸水がすすんでいる。左舷の海水の流入がふえるごとに右舷から注水しバランスをとる。速度がさらにおちた。敵機の攻撃はゆるまない。さらに激しさをました。

「大和」が左にかたむく。それでもなお沖縄をめざしてすすんだ。

ズォーン、ズォーン。

魚雷が左舷に命中している。最後のときがちかづいている。死がまぢかにせまってきた。一発。また一発と魚雷が左舷に命中する。その震動がわたしの体を直撃する。

艦橋はめちゃくちゃに破壊された。通信網もズタズタになった。

連絡が途絶える。情報が遮断されることは指揮系統から孤立することになる。これほど不安なことはない。

第三波が去り、第四波がきた。時間は午後二時をすぎた。

「撃ち方はじめ」

と号令がかかるが、右舷からの砲火もかぼそい。

「なにくそ」

五番砲塔員は必死に弾を撃ちつづけた。

このとき、三番砲員の瀧上水の頭部にとびはねた撃ちガラ薬莢があたりケガをした。五番砲塔員からはじめて負傷者がでた。幸い、命には別状ないようだ。

左舷につづけて魚雷が命中した。「大和」の傾斜がひどくなる。高角砲の仰角も天をむいてしまった。これ以上かたむくと撃てなくなる。砲側にたててある弾丸が倒れそうで心配だ。

わずかにのこった機銃も必死に応戦するが、弾丸はむなしく空を切るばかりである。

「大和」がかたむいてゆく。信管の把手をかたくにぎりしめた。べっとりを手に汗をかいていた。

## 退 避

艦はさらにかたむいた。体が左に倒れる。左舷の浸水はひどいようだ。

「いよいよだめだ。しずむぞ」

たれかが声をあげた。しかし、勝手に逃げることはできない。

「退去セヨ」

の号令をまった。

敵機の攻撃はつづく。無抵抗になった「大和」を沈めようと魚雷を撃ちこんでくる。

主砲と副砲の巨弾はそのまま搭載されている。このまま攻撃を受ければ弾火薬に点火し大爆発をおこすだろう。

傾斜がさらにひどくなった。なにかにつかまっていないとすべりおちそうだ。砲塔内の弾丸の倒壊がますます心配になってきた。すでに傾斜は三〇度をこえた。われわれは息をつめて退去の命令をまった。

「大和」の傾斜が三五度をこえた。

なおも敵機は魚雷を撃ちこんでくる。沈むまでつづけるつもりだ。

「おのれ」

わたしはくやしさのあまり涙をながした。

このくやしさは敵に対するものだけではない。敵機に対するもの以上に、こうなることがわかっておきながら作戦を決行したものに対する怒りがつよい。

敵機のパイロットも命をかけて戦火をくぐった。かれらも幾人かの戦友を亡くしたことだろう。戦後になると米兵に対するわたしの怒りは消えた。しかし、あの作戦を決行した軍部に対する怒りはいまも消えない。いったい、なんのための特攻だったのか。「大和」特攻は無慈悲であった。あまりにも人間の命を軽視したものであった。あのとき、悲痛な怒りが涙となってながれた。そしていまなおそのおもいは消えない。

死んだ戦友たちが忘れてくれるなと地下から訴えているのだろうか。

ざあああ。

と、とつぜん砲塔の窓から海水がながれこんできた。

「もうだめだ。しずむぞ」

悲鳴のような声がとぶ。

「よし。こっちにあつまれ」

上出班長の指示がでた。全員、出口にあつまって脱出にそなえた。終焉がちかづく。ながれおちる海水につかりながら全員まとまって立つ。

このとき、

「総員最上甲板、総員最上甲板」

という艦内放送がながれた。

伝令の声が艦内に響いた。沈没寸前の退去である。

「大和」も将兵もよく戦った。そのことに恥じることはない。二時間以上にわたる死闘であった。生きのこった将兵たちが傾いた「大和」の右舷にはいのぼってくる。五番砲塔員の一二人も海水をかぶりながらはいあがり、全員が艦腹にたった。

蒼黒い海のうねりのなかで「大和」が右の腹を大きく空にむけていた。瀕死の巨鯨のようであった。波のうねりでおおきくゆれている。あえぎながら呼吸しているかのような錯覚をうけた。

艦のなかには、脱出できないで閉じ込められている戦友が無数にいるはずである。しかし、そのときそのことは考えなかった。

艦腹にあがった者は約一〇〇〇人以上いた。おたがいの無事をよろこび、ビスケットをわけあって食った。タバコをもっているものも多かったため、わけあって吸った。わたしも吸った。このときのタバコの味はわすれられない。

敵の攻撃はおわったようだ。敵機の姿はない。

十四時二十五分。傾斜はさらにすすみ、四〇度をこえた。「大和」がしずみはじめたのである。

巨大なカブトのような艦橋が半分以上しずみ、白い波にあらわれている。

「ばんざーい、ばんざーい」

と叫びながら、ひとり、またひとりと海面にとびこんでゆく。こわれた兵器や金属の破片が死体とともに転がりおちる。

「大和」はしずかにしずんでいった。

海水がわたしの足もとまでせまってきた。

わたしは戦闘服のままだった。軍靴もそのままつけていた。

気持ちがひどくおちついていた。生きたいとも死にたいとも思わなかった。不思議である。妻子がないからだろうか。精一杯戦って悔いがないからだろうか。あるいは疲労のあまり放心していたのか。

## 漂流

「大和」がぐんぐんしずみはじめた。

四五度の傾斜となった。大きなうずとなって艦内に流れ込む海水の音がする。

波がせまってきた。足が水につかった。股まで海にしずんだ。衣服が水をすいあげてつめたくおもくなる。わたしはそのままずるずると海のなかにはいった。

(泳がなくてはならない)

そうおもって手足をうごかす。しかし前にすすまない。

ふいに、体が海中にひっぱられた。

「うわああ」

とわたしは声をだしながら大きなうずに巻き込まれた。

耳がごうごうとなっている。

体が水のなかでくるくるとまわる。

両手両脚で水を必死にかくがまったく効果がない。

息を止めて海中で耐える。しかしそれも限界に達した。

呼吸がくるしい。空気をすこしずつはきだす。息をすえば溺死する。その瞬間がちかづく。

口を閉じ、眼をかたくとじて息をこらえた。しだいに頭がぼんやりしてくる。死ぬようだ。

「ナムアミダブツ」

神仏に無関心だったわたしが自然に両手を胸のまえであわせて念仏をとなえた。

ここまではおぼえている。そのあと気をうしなった。


ふと、われにかえった。

浮いている。

わたしの体がういているではないか。

呼吸もしている。目もみえる。手足もある。負傷もないようだ。

空がみえた。黒い重油の海面もみえる。

生きている。わたしは生きている。

「よおし、生きのこってやるぞ」

これまで死生を達観したかのようなわたしだったが、このときから猛然と生への執着心がわいた。そして、生還へのあらゆる努力をはらおうとしていた。さっそくまわりにある木片をあつめて腹の下にいれた。無駄な体力の消耗を防ごうとしたのである。

およぎながら周囲をみると、あちこちに戦友たちの顔がみえる。重油でまっくろな顔がぽかりとうかんでいる。

敵機のすがたがみえた。敵の戦闘機は漂流する日本兵にむかって引き金をひいた。

チカッ、チカッと閃光がはしる。重油の海面にちゅんちゅんと水しぶきがあがる。

(漂流者を撃つとは)

と怒りがこみあげてきた。

生存者があつまって小集団をつくった。

大勢でいるほうが発見がはやい。励ましあうこともできる。

「ねむってはだめだぞ」

漂流の経験があるのだろうか。わたしの集団には強者がいて力強く声をかけてくれた。

体温がさがる。睡魔がおそってくる。この睡魔との戦いはつらかった。助かるかどうかもわからない。しかしあきらめるわけにはいかない。ただ、ただ泳ぎつづけるしかない。頼りとなるのは、腹の下にかかえた木片と精神力だけであった。

「雪風」の綱ばしご
そのとき、
「おおい、駆逐艦がきてくれたぞ」
とたれかが叫んだ。

「『雪風』だ。『雪風』がきたぞ」

「雪風」がきてくれた。わたしの気持ちに元気がわいてきた。

「『冬月』もきてくれた」

と声があがった。

「おおい、おおい」

全員で声をだして船をよぶ。すると、「雪風」から、

「シバラクマテ」

と手旗信号がおくられてきた。がんばれと手をふって応援してくれる兵もいる。

歴戦の名駆逐艦「雪風」はこの戦闘でも生きのこり、わたしたちを助けようとしている。あのときの「雪風」の姿は生涯忘れられない。

漂流時間は二時間になろうとしていた。戦闘時間は二時間であった。計四時間におよぶ戦闘と漂流が体力をうばった。

駆逐艦から綱ばしごがおろされているのだが、それをつかんでのぼることができない者がおおかった。ロープは重油でぬるぬるしている。途中まであがりながら、ずるずるとおちてそのまま海中に消えた者もいた。駆逐艦をまえにして死んだ兵のかずも多かった。

わたしは「雪風」にむかっておよいだ。いつ救助活動が打ち切られるかわからない。いそ

がなければならない。甲板から何本か綱ばしごがおろされている。そのうちの一本をめざして泳いだ。

たれしもが助かりたい。そこには、われ先にのぼろう、自分がまっさきに助かろうとする動物性がむきだしになった兵たちの姿があった。

わたしは綱ばしごにちかづいた。わたしの前にふたりいる。そのふたりは、必死にのぼろうとしているのだが体力がなくもたついていた。

わたしはまっていることができなかった。この間にも敵機は飛来していた。これが最後のチャンスかもしれない。わたしは二人のうしろから手をのばし、ロープをつかんだ。この手をはなしたときは自分が死ぬときである。そのときそうおもった。つかんだ手のひらが油でぬらつく。このままではすべる。とっさに綱を手にまきつけた。そして力いっぱい腕をまげた。

わたしの体が軽くなり、艦にひきよせられた。わたしは左手も綱にまきつけた。そして渾身の力をこめて腕をまげた。体が海面からうき、「雪風」の艦腹にはりついた。

「ひきあげてくれ」

わたしは大声をだした。

「よおおし、がんばるんだぞ」

艦上から声がかかった。すこしずつ体があがりはじめた。重油をふくんだ海水が服からぼたぼたおちる。

わたしは歯をくいしばって綱ばしごにしがみついた。

そのとき、一人の兵がわたしの足にしがみついた。

正直にいう。

わたしは足を振ってその者をふりはらった。

わたしは自分が生きるために戦友をふりおとしたのである。

そのことに対する罪の意識はそのときもあった。

（すまん）

と心のなかであやまった。

しかし、

（やむを得ないのだ）

ともおもった。

このことに関しては、これ以上、いうべき言葉がない。

ロープにぶらさがったわたしは必死だった。

手がきれそうでもたない。このままではおちる。やむなくロープにかみついた。そして片方の手をはずしてやすませた。そしてにぎりなおし、もう片方の手をやすませた。それから両手でもちなおして口をはなした。これをなんどかくりかえした。そして、すこしずつのぼっていった。

上から心配そうにみている乗組員たちの顔がすこしずつ大きくなる。

(あきらめるな。がんばれ)

あとにもさきにもこのときほど必死になったときはなかった。

そして、とうとう「雪風」のうえにひきあげてもらった。わたしはその場でひざからくずれおちた。

そのあと、わたしは体をひきずってあるき、吊り床がある部屋の片隅に座り込み、そのまま眠ってしまった。深いねむりであった。目がさめると「雪風」はどこかにむかって進んでいた。

頭がいたむ。手首の皮膚もやぶれて激痛がはしる。ロープをかんだせいか歯もおかしい。

すでに夜になっていた。動こうにもどっちがどっちだかまったくわからない。意識が朦朧《もうろう》としていた。そして、

(なぜ人間同士が、こんな戦争をしなければならないのだろうか。なんのために。だれのために。憎しみ合い、殺し合い、奪い合い、血を流し、悲しみを残す。なんのために。だれのためにこんなことをしなければならないのだろうか)

ぼんやりした頭で、わたしはそんなことを考えていた。

「大和」の生存者は約三〇〇人であった。

沈んだときに艦腹には一〇〇〇人以上の兵たちがいた。七〇〇人もの若者たちがあれから死んだことになる。その理由があとでわかった。「大和」が爆発したのである。

三式弾に引火したのだろうか。

このことは生きのこった谷本清兵曹から聞いた。谷本兵曹は同じ三重師範の同級である。かれの体が海中にしずみ、そのあと海面にうきあがった。その瞬間、紅蓮の炎と無数の金属片が空にふきあがったのを見たという。爆煙は五、六〇〇メートルもたちのぼり、そこから落下してきた大小の金属片が海面にいる将兵たちをおそった。大きいものはたたみ一枚以上もあったそうだ。それらの鉄塊にたたきつぶされ、切り裂かれ、たくさんの者が死んだ。艦はまっぷたつになってしずんだ。

わたしは仮死状態のまま海中にしずんだ。そのあと爆発のショックで海面まで押し上げられたようだ。奇跡であった。

昭和二十年四月八日午前十時、駆逐艦「雪風」は、救助した将兵をのせて佐世保港にはいった。わたしは、生きてかえった。しかし、そのことがどうしても信じられなかった。

「大和」特攻の一〇隻のうち、残存艦は「雪風」「冬月」「涼月」「初霜」の四艦であった。いずれも駆逐艦である。

死んだ者の総数は、三六八五人という数字をわたしは信じている。

負傷者は、四五九人であった。

「大和」は、昭和二十年四月七日、十四時二十三分にしずんだ。

場所は九州坊の岬南西海域、北緯三〇度四三分、東経一二八度四分の地点である。

「大和」の乗組員、三三三二人のうち、生存者は二六九人であった。
死者は三〇六三人である。そのほとんどが、二〇歳前後の若者たちであった。
いまはただ、ご冥福をいのるばかりである。

# あとがき

原稿が完成し、電話で坪井さんから、

「よく描けています。よい本になりそうですね」

と言っていただいた。わたしはうれしさで目頭が熱くなってしまった。

いまは感謝する以外にできることがない。


明治維新によって日本は近代国家をつくった。

ひろってきた雑木をくんでつくった小屋のような国ができた。その急造国家が大国ロシアと戦争をすることになった。

戦争をするためには軍艦がいる。日本は無理に無理をかさねて大艦隊をつくった。これが連合艦隊である。極貧の家庭が高価な外車をもつようなものであった。

幸いにして日本はロシアとの戦争に勝った。日本の勝利を決定したのは日本海海戦である。

そして、連合艦隊がのこった。

軍艦は、予算を食いつづける。しかも、年ごとに建艦をかさね、その数が増えてゆくという特性をもっている。

国民は貧しい生活のなかから税金を国におさめていた。その税金の多くが軍艦の建造につぎこまれていった。

日露戦争後、日本は、あたらしい船をつくりつづけた。そして最後に完成した究極の戦艦が「大和」と「武蔵」であった。

一八五三年、アメリカのペリーが浦賀（神奈川県）にきた。

日本人は、このときはじめて軍艦をみた。ちょんまげをつけ、刀を腰にさしたお侍さんたちはびっくり仰天し、日本は大騒ぎになった。

それから八八年後、一九四一年（昭和十六年）、日本は世界一の戦艦を二隻もつくった。

日本人がもつ、すさまじいばかりの英知と組織力による偉業であった。

他の国に負けない国家をつくるために、日本の国民は全員でがんばった。そのおかげで、日本の連合艦隊は世界で五本の指にはいる強い艦隊となった。

ただし、そのために日本は無理をかさねた。そして経済がどんどん苦しくなった。

お父さんの給料は安く、食べるのがやっとの生活である。その家が生活をきりつめて高級車を何台も持った。維持費だけでも大変なのに、それを数年ごとに買いかえなければならない。台数もどんどんふえてゆく。

日本の経済と日本艦隊の関係は、簡単にいえばそういうことであるようだ。

むろん、日本の経済の悪化の原因は軍事費だけではない。しかし、連合艦隊をはじめとする各艦隊の建造と維持、零戦をはじめとする航空機の開発と製造といった大規模な軍需産業が日本の重荷となり、経済を衰退させた大きな原因であることは明らかである。

生活がくるしくなった日本は中国大陸に経済進出する。そのとき、これまでに強化してきた軍事力をつかった。その結果、アメリカとの関係が悪くなり、戦争となった。

そして、日本は負けた。

太平洋戦争の敗戦という結末の出発点は、日露戦争における日本海海戦での大勝利にあるとわたしはおもっている。

日本は日露戦争の勝利に学ぶことができなかった。日本は、他の国や偶然にたすけられながらやっと勝ったことを忘れてしまった。そして外国に対し、傲慢になってしまった。

日本海海戦は、一九〇五年（明治三十八年）におこなわれた。

日本敗戦の日は、四〇年後の一九四五年（昭和二十年）である。

今年は二〇一〇年（平成二十二年）である。まもなく敗戦から六五年がたとうとしている。

われわれはいま、六五年前の歴史に学んでいるだろうか。おなじ失敗をくりかえそうとはしていないだろうか。

「大和」の記録と坪井さんの戦場体験を書き終えて、そんなことを考えている。

一隻の軍艦をうごかすためにはたくさんの人の力がいる。頭がよくて健康で訓練された若い水兵さんたちがいないと船はすすまない。

世界一の戦艦「大和」には三〇〇〇人以上の将兵がのっていた。公立高校三校分の学生数に相当する。

レイテ沖海戦にまけた日本は、石油がなくなった。

昭和二十年四月。連合軍が沖縄に上陸を開始した。

大本営は本土決戦をやると言っている。本土決戦とは、日本列島を陣地にして日本人全員で戦うということである。戦争がおわる気配はない。

海軍はこまった。まもなく石油がなくなる。燃料がなくなればすべての軍艦は停止する。まだ戦艦「大和」がのこっている。世界一の戦艦をつかった作戦ができるのはいましかない。

そして実行されたのが、「大和」特攻である。

沖縄にむかった「大和」には、三三三二人の将兵がのった。「大和」特攻を命じた者は、「大和」のことのみを考え、それにのる三三三二人の命のことは考えなかった。

そして、三〇六三人が死んだ。生きのこったのはわずか二六九人であった。

坪井さんは二六九人のうちの一人である。幸運なことに、生きて今、われわれにメッセージを送ってくれている。その声にどうか耳をかたむけていただきたい。

かさねて書いておく。本書は、坪井平次さんが書かれた「戦艦大和の最後」（光人社）と、坪井さんの話をもとに私が書いた。

坪井さんの説明は、もと先生らしくじつにわかりやすい。わたしが、

「船の排水量とはなんですか」

という幼稚な質問をすると、

「あなたがお風呂に入るとザバアとお湯があふれますね。こぼれたお湯の量はあなたの体の大きさとおなじです。このお湯の量を排水量といいます。船の大きさをあらわす単位です」

と教えてくれた。もう一例をあげると、

「『大和』の主砲はすごかったですか」

と聞いたとき、

「それはもうすごいものでした。なにせ、主砲が撃つと進んでいる船の速度がおちるんですから。七万トン級の戦艦が、発射の圧力によってグンッと前からおされるように速度がおちる、そんな主砲は世界にありません」

と臨場感あふれる説明をしていただいた。

話しがおわって受話器をおいたとき、

（坪井先生に習った子供たちは幸運だった）

とうらましくなった。できうれば私も習いたかった。また、わたしの子供たちの先生であってほしかった。そうおもった。

その坪井さんが書かれた著書をぜひお読みいただきたい。わたしが書いたこの本は、坪井さんの本にゆきつくためのツールであるとわたし自身おもっている。

おわりに、本書出版にあたりご尽力いただいた各位、とりわけ、産経新聞出版の山本泰夫氏には格別のご配慮を賜り、深く感謝を申し上げる。

また、わたしの本の熱心な読者であり、親族でもある渡邊修平君の応援には大変勇気づけられた。この場を借りて御礼を申し上げる。この本は、中学生である君のために、文章をかみくだき、わかりやすく書いたつもりでいる。

坪井平次さんに対する感謝の気持ちはいうまでもない。いかに筆を尽くしても書ききれない。本当にありがとうございました。

そしてここに、戦争によって亡くなったすべての方々のご冥福をお祈り申し上げる。

平成二十二年六月

久山　忍

# 文庫版のあとがき

考えてみると「大和」ほど矛盾に富んだ船はない。航空機時代の幕開けと同時に登場したという存在としての矛盾、巨砲を撃つためには全ての高角砲と高射機銃を停止しなければならないという性能上の矛盾、他艦隊が壊滅するなかで「大和」だけが残ったという戦史上の矛盾、幾多の矛盾の海に「大和」は浮かび続けた。

戦乱の太平洋において身の置き所に苦慮しながら右往左往している巨艦の姿を遠望したときにこそ「大和」の真の姿がみえてくる。主砲が世界最大であったとか、艦形が優美であったとか、巨艦でありながら旋回性能が高かったといった軍艦としての機能を並べても「大和」の姿は見えてこないのである。

開戦とともに日米戦の切り札として登場した「大和」であったが、最後は海軍の面子を保つために特攻兵器として使われた。そして「大和」に死に場所を与えるために約三〇〇〇人の命が海に消えた戦争のための道具（兵器）にすぎない人工物が人格を帯び、海軍という組織の象徴的存在となったあげく、一艦を沈めるために約三〇〇〇人の若者が犠牲となったのである。人命よりも海軍の面子を優先させた作戦であった。むごいことである。

戦争がもつむごさを「大和」を知ることになって感じることができる。この本からそういったことを学んでいただければ嬉しく思う。

久山　忍

平成三十年二月

参考文献＊「戦艦大和の最後」坪井平次（光人社）＊「戦艦武蔵のさいご」渡辺清（童心社）＊「連合艦隊の最後」伊藤正徳（文藝春秋新社）＊「戦艦武蔵」佐藤太郎（河出書房）＊「太平洋海戦史」高木惣吉（岩波新書）＊「最後の帝国海軍」豊田副武（世界の日本社）＊「レイテ湾の日本艦隊」ジェームス・A・フィールドJR／中野五郎訳（日本弘報社）＊「坂の上の雲」司馬遼太郎（文春文庫）＊「学研まんが　日本の歴史」監修樋口清之（学研）＊「大東亜戦争」服部卓四郎（原書房）＊「戦藻録」宇垣纏（原書房）＊「辞典　昭和戦前期の日本　制度と実態」伊藤隆監修／百瀬孝著（吉川弘文館）＊「人間　山本五十六」反町栄一（光和堂）＊「提督小沢治三郎伝」小沢治三郎提督伝記刊行会編（原書房）＊「戦艦武蔵」吉村昭（新潮社）＊「栗田艦隊」小柳富次（潮書房）＊「レイテ戦記」大岡昇平（中央公論社）＊「連合艦隊作戦室から見た太平洋戦争」中島親孝（光人社）＊「戦史叢書　海軍捷号作戦（1）（2）」（朝雲新聞社）

単行本　平成二十二年七月　産経新聞出版刊

NF文庫

生き残った兵士が語る
戦艦「大和」の最期

二〇一八年四月二十四日　第一刷発行

著　者　久山　忍
発行者　皆川豪志
発行所　株式会社　潮書房光人新社
〒100-8077　東京都千代田区大手町一-七-二
電話／〇三-六二八一-九八九一㈹
印刷・製本　凸版印刷株式会社
定価はカバーに表示してあります
乱丁・落丁のものはお取りかえ
致します。本文は中性紙を使用

ISBN978-4-7698-3062-7　C0195
http://www.kojinsha.co.jp

NF文庫

## 刊行のことば

第二次世界大戦の戦火が熄《や》んで五〇年――その間、小社は夥しい数の戦争の記録を渉猟し、発掘し、常に公正なる立場を貫いて書誌とし、大方の絶讃を博して今日に及ぶが、その源は、散華された世代への熱き思い入れであり、同時に、その記録を誌して平和の礎とし、後世に伝えんとするにある。

小社の出版物は、戦記、伝記、文学、エッセイ、写真集、その他、すでに一、〇〇〇点を越え、加えて戦後五〇年になんなんとするを契機として、「光人社NF（ノンフィクション）文庫」を創刊して、読者諸賢の熱烈要望におこたえする次第である。人生のバイブルとして、心弱きときの活性の糧《かて》として、散華の世代からの感動の肉声に、あなたもぜひ、耳を傾けて下さい。

＊潮書房光人新社が贈る勇気と感動を伝える人生のバイブル＊

NF文庫

## 「愛宕」奮戦記　旗艦乗組員の見たソロモン海戦

小板橋孝策

海戦は一瞬の判断で決まる！　重巡「愛宕」艦橋の戦闘配置についた若き航海科員が、戦いに臨んだ将兵の動きを捉えた感動作。

## 戦場に現われなかった戦闘機

大内建二

理想と現実のギャップ、至難なエンジンの開発。量産化に至らなかった日米英独他六七機種の試行錯誤の過程。図面・写真多数。

## 潜水艦作戦　日本潜水艦技術の全貌と戦場の実相

板倉光馬ほか

迫力と緊張感に満ちた実録戦記から、伊号、呂号、波号、特潜、蛟龍、回天、日本潜水艦の全容まで。体験者が綴る戦場と技術。

## 軍馬の戦争　戦場を駆けた日本軍馬と兵士の物語

土井全二郎

日中戦争から太平洋戦争で出征した日本産軍馬五〇万頭――故郷に帰ることのなかった〝もの言わぬ戦友〟たちの知られざる記録。

## ソロモン海「セ」号作戦　コロンバンガラ島奇蹟の撤収

種子島洋二

米軍に包囲された南海の孤島の将兵一万余名を救出するために陸海軍が協同した奇蹟の作戦。最前線で指揮した海軍少佐が描く。

## 写真　太平洋戦争　全10巻　〈全巻完結〉

「丸」編集部編

日米の戦闘を綴る激動の写真昭和史――雑誌「丸」が四十数年にわたって収集した極秘フィルムで構築した太平洋戦争の全記録。

＊潮書房光人新社が贈る勇気と感動を伝える人生のバイブル＊

## ＮＦ文庫

**大空のサムライ** 正・続
坂井三郎
出撃すること二百余回——みごと己れ自身に勝ち抜いた日本のエース・坂井が描き上げた零戦と空戦に青春を賭けた強者の記録。

**紫電改の六機** 若き撃墜王と列機の生涯
碇 義朗
本土防空の尖兵となって散った若者たちを描いたベストセラー。新鋭機を駆って戦い抜いた三四三空の六人の空の男たちの物語。

**連合艦隊の栄光** 太平洋海戦史
伊藤正徳
第一級ジャーナリストが晩年八年間の歳月を費やし、残り火の全てを燃焼させて執筆した白眉の〝伊藤戦史〟の掉尾を飾る感動作。

**ガダルカナル戦記** 全三巻
亀井 宏
太平洋戦争の縮図——ガダルカナル。硬直化した日本軍の風土とその中で死んでいった名もなき兵士たちの声を綴る力作四千枚。

**『雪風ハ沈マズ』** 強運駆逐艦 栄光の生涯
豊田 穣
直木賞作家が描く迫真の海戦記！ 艦長と乗員が織りなす絶対の信頼と苦難に耐え抜いて勝ち続けた不沈艦の奇蹟の戦いを綴る。

**沖縄** 日米最後の戦闘
米国陸軍省編
外間正四郎 訳
悲劇の戦場、90日間の戦いのすべて——米国陸軍省が内外の資料を網羅して築きあげた沖縄戦史の決定版。図版・写真多数収載。